上官定一 刘丽/著

山西传统村落保护与发展丛书

历史记忆乡愁

诗经故里

绛山浍水区域传统村落

ISBN 978-7-203-12114-5

U1007774

山

图书在版编目（CIP）数据

每一次的诞生都是痛苦：李少君诗选：1980—2022/李少君著. — 太原：北岳文艺出版社，2023.5
ISBN 978-7-5378-6702-3

Ⅰ. ①每… Ⅱ. ①李… Ⅲ. ①诗集－中国－当代
Ⅳ. ①I227

中国国家版本馆CIP数据核字（2023）第060822号

每一次的诞生都是痛苦

李少君诗选：1980—2022

李少君 / 著

出品人
郭文礼

选题策划
左树涛

责任编辑
左树涛

书籍设计
张水文

封面绘图
王锐

印装监制
郭勇

出版发行：山西出版传媒集团・北岳文艺出版社
地址：山西省太原市并州南路57号　邮编：030012
电话：0351-5628696（发行部）　0351-5628688（总编室）
传真：0351-5628680
经销商：新华书店
印刷装订：山西新华印业有限公司

开本：787mm×1092mm　1/32
字数：240千字
印张：10.75
版次：2023年5月第1版
印次：2023年5月山西第1次印刷
书号：ISBN　978-7-5378-6702-3
定价：59.80元

每一次的诞生都是痛苦

李少君　著

李少君诗选 1980—2022

山西出版传媒集团
北岳文艺出版社
BEIYUE LITERATURE & ART PUBLISHING HOUSE
·太原·

目录

第一辑　在松溪遇见青山（2020—2022）

第二辑　过临海再遇晚秋（2010—2020）

第三辑　山中小雨迷谁人（2000—2010）

第四辑　“为谁独立凉风中？”（1980—2000）

后记

第一辑　在松溪遇见青山（2020—2022）

应该对春天有所表示

倾听过春雷运动的人，都会记忆顽固
深信春天已经自天外抵达

我暗下决心，不再沉迷于暖气催眠的昏睡里
应该勒马悬崖，对春天有所表示了

即使一切都还在争夺之中，冬寒仍不甘退却
即使还需要一轮皓月，才能拨开沉沉夜雾

应该向大地发射一只只燕子的令箭
应该向天空吹奏起高亢嘹亮的笛音

这样，才会突破封锁，浮现明媚的春光
让一缕一缕的云彩，铺展到整个世界

霞浦的海

一

霞浦，霞光的巢穴

霞光从此起飞，霞光从此出动

黄昏，全部收回，织就满天锦绣

二

霞浦，霞光的渊薮

从天边涌来，从海中跃出

取下毛笔，蘸一点霞光，写万千彩章

三

霞浦，山海相映

山之陡峭，恰显海之气象

海之辽阔，方有山之险峻

山，高耸出了高度；海，深沉进而深远

四

霞浦自成一世界，云环雾罩

竖立的悬崖是你的，岬角的小花也是

混沌的雾霭是你的，推涌的波浪也是
海是天然舞台，那一轮磅礴而出的崭新的太阳
也是你的

五

海刷新着世界，每一天都是新的一天
海永远年轻，古老只属于速朽的事物

在霞浦，一切如此现代并继续现代
每天花样翻新的云，每天轮流升起的日和月
你也不再是昨天的你，你已被海风刷新了境界

西山暮色

久居西山，心底渐有风云
傍晚我们要下山时，他还不肯走
说要守住这一山暮色

他端坐寺庙前，仿佛一个守庙人
他黝黑朴实的面孔，也适宜这一角色
他目送我们，也目送一个清静时代的远去

鼓浪屿的琴声

仿佛置于大海之中天地之间的一架钢琴
清风海浪每天都弹奏你
流淌出世界上最动人的旋律

这演奏里满是一丝丝的情意
拨动着每一个路过的浪子的心弦
让他们魂牵梦绕，泪流满面

确实，你是人间最美妙的一曲琴音
你的最奇异之处
就是唤起每一个偶尔路过的浪子
不由自主地回想起一生中最美妙的经历

然后，他们的心弦浪花一样绽开
在这个他们意想不到的时刻和异乡

风暴欲来

海色苍茫，风暴即将来临
最后一班轮渡正鸣响汽笛
而我，还没收拾好行李
还沉迷于岛上的幽深角落和旧楼台

风暴前的街道何其宁静
游人稀少，腾空了一切做好准备
等候着风暴、海浪和潮汐的正面搏击

我多么希望我的诗歌里啊
也蕴蓄着这种内敛的宁静的力量

自 述

在古代，我应该是一只鹰
在河西走廊的上空逡巡

后来，坐化为麦积山上的一尊佛像
浓荫之下守护李杜诗意地和一方祖庭

当代，我幻变为一只海鸥
踩着绿波踏着碧浪，出没于海天一色

但我自由不羁的灵魂里
始终回荡着来自西域的野性风暴

热带雨林

雨幕一拉，就有了热带雨林的气息
细枝绿叶也舒展开来，显得浓郁茂盛
雨水不停地滴下，一条小径通向密林
再加上氤氲的气象，朦胧且深不可测

没有雨，如何能称之为热带雨林呢
在没有雨的季节，整个林子疲软无力
鸟鸣也显得零散，无法唤醒内心的记忆
雨点，是最深刻的一种寂静的怀乡方式

江　南

春风的和善，每天都教育着我们
雨的温润，时常熏陶着我们
在江南，很容易就成为一个一个的书生

还有流水的耐心绵长，让我们学会执着

最终，亭台楼阁的端庄整齐
以及昆曲里散发的微小细腻的人性的光辉
教给了我们什么是美的规范

走失的父亲

独自横穿马路的父亲
总让我隐隐有一些担忧
他步履蹒跚，一个人走向对面
他在马路边下车，我继续往前
从后视镜里看到他
小心翼翼，被拥挤的人群裹挟
小时候跟丢父亲会心急如焚
如今却换成了我们操心父亲

这些年都市里走失的老人
是一个庞大惊人的数字
我见过一些寻找父亲的焦急的儿子
他们手足无措，六神无主
不断自我谴责，自我忏悔
他们每天忙于琐碎事务和应酬
把老父亲丢在空荡荡的家里
在等待中度过一天又一天

我也每天在内疚之中度过

知道迟早有一天父亲会丢下我们
在人群中走失，让我们望眼欲穿，欲哭无泪

（本诗写于父亲去世前，那时不敢发表，担心一语成谶）

父亲的身影未出现

“你爸身体不舒服，不下楼吃饭了”
梦中，我们兄弟三人，围坐一桌
母亲做完菜，解下围裙
擦了一下手，招呼我们开始吃晚饭

这是第一次，父亲的身影没有出现
半个月前，父亲去世了
这是他去世后第一次出现在我梦中
母亲说他去世前两天就没怎么吃东西

这一次，父亲的身影未出现
在梦中，他也只是被我们谈论到……

通灵的特使

这只猫，深养于书香之家
狂躁的脾气早已修炼得温柔恬静
沉香之韵味，诗画之优劣
它一闻便知，但不动声色

它对俗人也一闻便知，会躲得远远
若遇心仪之士光临，它会主动迎上去
乖巧地伏在桌椅边，半闭着双眼
聆听主客对话，仿佛深谙人世与宇宙的奥秘

西部的旧公路

从高速疾驰而来的东部人
难以适应这里的荒芜和慢节奏

夕阳西下，人烟稀疏
公路前头慢吞吞行走的牛群
它们从不理睬你的喇叭和喊叫
任你费尽力气吆喝驱赶也不让路

这些牲畜就是要用这种态度告诉你：
它们才是这里真正的主人！

观 海

海，每日演绎着无数浪漫的花样

比如，一次又一次以虔诚的膜拜
扑向你，伴以温柔的细浪的拍打
献花，浪花次第绽放，一朵朵
魔幻般编制成最奢华灿烂的花篮
还有，殷勤总是随时随地无微不至
一会儿从内里掏出一两颗贝壳或珍珠
然后，最轻微的呵护，清风般吹拂
甜言蜜语地催眠，让你安心地睡去
——如果醒来，就随手一伸
拿来一缕晨曦和或一片明月为你化妆

海，自古以来就有这么多的浪漫手段
惜乎人类至今未习得些许……

致清华园

在如此芳香散溢的春光里
青草、树木乃至万物皆恍惚而迷离
置身其中，你也一样，我也一样
在桃花、樱花、玉兰、芍药、梨花构建的宫殿

我确信，春夜最清淡的几缕香氛
都飘到了清华园荷塘边的玲珑世界

送　别

——致李叔同

送别
你把自己送到了寂静之地
悲欣交集，终归圆寂

你凡事认真
一刀一笔刻下的人生印迹
历历清晰，如一幅版画
从繁华落为枯寂，不过色相

你曾历尘世，遍居佛国
始终未能逃离孤独之境
一世为孤独世，一国乃孤独国
芒鞋青衫竹杖，一人是孤独行者

邂逅沉香馆里静静冥想的少女

浑身烟熏气味的女孩
一定是沾染了别的男人的气息
她们是灵魂的迷失者
无所依恃地飘浮在半空中

散发着细微芳香的清新少女
一定是自我静修陶冶的结果
她守护了内心的香
并轻轻点燃……

黎　明

在百里长川，无边的开阔地
我随着昏昏沉沉的大地一起醒来
恍惚中，听见一辆远处的马车
自地平线驰来，满载着钻链珠宝
一开始如风缓慢，后来逐渐奔腾起来
金色、银色光针随松针哗地一齐撒向四野

晨曦渐渐地掀开蒙昧世界的帷幕
我猛地意识到：这就是黎明
能意识到黎明的人，就是一个诗意的人

石卯访遗

一

城墙破，梁柱倾
宫殿已毁，美一一散佚草野
珠宝、玉器、绸缎、字画……

遗址上，枯枝间，回荡着幽灵一样的叹息

二

此地一定有惊心动魄的美
但此美需要勘探，需要掘地三尺
然后是考古学一样地深入
然后惊艳，窥见耀眼的一线美之光芒

三

走过曾经的古战场
泥土也是沉甸甸的
泥土也有重金属的味道
曾经有多少青铜兵器埋在地下啊

四

展览馆外，隐隐袭来的花香
侵入遗址的每一个角落
再严密的监控和警卫也禁止不了

五

在石峁，无论你触目所见
是怎样沟壑纵横和尘土遍地
是怎样因为一无所知而感到的
风沙吹拂的黄土高原的无比孤寂和荒凉

每个夜晚，仍呈现着自古如此绚丽的星空
没有一点杂质的纯粹的满天星斗

由此，也可以推测和想象与之匹配的远古辉煌

阳关新曲

白云常投影于雪山之巅
碧泉会迷恋天空的景象

戈壁中，马蹄声重复地回响
深谷里，潭水循环不停地流淌

我深知自己最易被阳关之美诱惑
边疆寄托了一个湖湘书生的英雄幻想

关外古城墙，野花摇曳，落日熔金
逍遥剑客一壶浊酒一骑沙尘扬长而去

大漠孤烟呼唤新时代的边塞雄风
黄河远上延展中国梦的辽阔境界情怀

《阳关曲》啊，千百年来一直弦歌不绝
恰如一轮明月悬挂在胸怀天下者的心头

春风再一次刷新了世界

寒冷溃退，暖流暗涌
草色又绿大江南北
春风再一次刷新了世界

浓霾消散，新梅绽放
卸下冬眠的包袱轻装出发
所有藏匿的都快快出来吧

马在飞驰，鹰在进击
高铁加速度追赶飞机的步履
一切，都在为春天的欢畅开道

海已开封，航道解冻
让我们解开缆绳扬帆出海
驱驰波涛奔涌万里抵达天边的云霞

山谷，一个自我循环的世界

藤叶缠绕至树顶，换季后
变色纷披如花，垂直而下
溪流曲折往复，水声回荡
在山野岩石间叠加溅响

随处的树桩自成栅栏
集绿荫红花凝聚一处
遍地黄叶织成锦毯
将秋色圈定永固驻扎

我们翻越顶峰以为别有美景
发现谷底的植被早已蔓延至此
在山谷之外，别处洞天
所有的春花秋草都在永恒循环

秋　忆

荫翳林子里，沿途看见一些墓地
秋风沙沙，鬼魂也需要被追忆
一些已经逝去的人，固执地重现
星星点点的红白小花，似叹息围绕

远山的薄雾，与我轻微的忧郁症相适应
唯耳边的鸟鸣，提醒一点清晰的意识和活力

端午怀屈原

一

凤凰，一定是天边彩霞的奇幻转化
如此明艳斑斓，又如此神行飘逸
以丽天为疆域，与日月并驾齐驱，翩然飞翔
只有你和你的诗篇配得上这灿烂的荣耀
在宜昌秭归，我看过朝霞和晚霞后得出这一结论

二

凤凰驾驭长风，展开四方，择木而栖
首选梧桐，橘树等南方嘉木亦获青睐
芰荷和芙蓉装扮织就绚丽缤纷的衣裳
在沅芷澧兰的领地，在汨罗江流域
我仰望高大挺拔的乔木，一如仰望你之身影

三

危情时刻，重温你激荡过无数灵魂的诗章
仍强烈地深深打动我，响亮轰鸣的黄钟大吕
千百年来一直回荡在悠久古老的中国大地上

那些浓烈的热爱，那些深沉的悲愤和哀痛
和滚滚而下的长江一起，冲击着敲打着中国的胸膛

四

世间常有骚与愤，不过随风而逝的情绪发泄
唯你的抒情，凌云而上，升华为一种精神
因你配之以道与义，饰之以香草幽兰
你以瓔珞编缀，绸缎铺之，霓虹耀之
文采斐然，彰显天地间最惊艳动人之锦绣华章

五

端午祭日，我居家拜读完你的黄金诗篇
谨携小院里所有花草树木致敬高天凤凰
它们是（排名不分先后）：香柏、牡丹、玫瑰
女贞、丁香、水杉、碧桃、卫茅、玉簪、晚樱
忍冬、鸢尾、杜仲、棣棠、黄杨、榆梅和国槐

误 入

流水一波三折
回廊一曲几拐
让细碎移动的纤足更加迟疑
缓缓成就大家闺秀的从容沉静

花影自幽窗里晃过
芳香在假山外迷离
少年目眩耽美于庭院的异样风情
误入别人的花园，爱上了邻家的千金

那个莽撞得跳窗而入的少年啊
惊得池塘边的一只青蛙扑腾入水
一声清响，也惊醒了怀春佳人沉睡的心

孤　独

孤独，是一个无依无靠自行运转的星球

孤独自成一体，有着一种放射性的气质
若黑美人，浑身发散着魅惑
又若黑洞，吸收着四面八方的孤寂

在都市里，每一个人都是孤独的
加倍孤独，与孤独的放大器
孤独如一个无依无靠独自运转的星球

在茫茫宇宙之中，孤独
本身就是一个无依无靠兀自运转的星球

来雁塔之问

万亩荷花，十里垂柳，随处竹林
如此风光遗产，还剩多少？

半池月色，一泓清水，数声蛙鸣
此等闲适心态，还余几分？

吟两句诗，抚一曲琴，养一夜心
这样的隐逸君子，还有几个？

情似湘江，顽如石鼓，固若衡岳
此等节操胸襟，当下何处可觅？

年少时在南北各地行走，怀此疑问
现如今东洲岛上船山书院或可解惑

古　驿

一条细长的丝绸驿路
串联起一家一户，东南西北
热烈的炉火烟火香火，弥漫千家万户

最醒目的，是远处的那一点青山
最浓郁的，是眼前的那一缕炊烟
最闲适的，是田野的那一行白鹭
最牵挂的，是深情的那一道目光

历史就在那一道目光里
目送着走南闯北的人们，一代又一代

古　堡

曲里拐弯的茶马古道
溪流与粗石艰涩地摩擦
风，被乌蒙山堵在了另一侧

暗室灯火突然熄灭的瞬间
听得见彼此的心跳声和呼吸声
失语，继而缄默，动作代替言辞

在亡灵游荡的高原古堡里
山寨王敢作敢为的外孙女
将过路的白面书生堵在墙角逼婚

古 渡

每一个人心中都会有一个古老的意象

比如车站，可以通向远方的起点
比如桃花，内心的激情需要抒发
比如秋霜，成熟到绚烂之后的冷寂
比如大海，无比宽阔又无限包容
比如寺庙，一个最终的安静归宿

我独爱古渡，掩藏于茂密大树底下
无论喧闹或寂寥皆沉默的古渡
面对一条阻断陆地和行人的水
自渡，渡人

古部落

我们是一支古老的族群
漫漫史迹唯有靠诗歌传诵
野草一样繁衍，江河一样流淌

我们是一个狭小的国度
诗歌可以开疆拓土，占领人心
诗意使这片领地富庶丰饶

我们是一个弱势的部落
唯有以诗歌保存情感，记忆当下
唯有诗歌可以为我们去赢得未来

诗，是悠远的一缕古笛音
诗，是探向虚空的一朵花
诗，是我们存在过的痕迹
诗，就是我们的孩子，希望与荣光

写着写着，诗就写出来了
活着活着，孩子就生出来了

致李白

古今共有一片青天
你我共有一种情怀

春风是我们的大道
海色是我们的归途

我欲乘风揽明月
余皆为小事，何足道哉

忆上林湖

那一年，一个以春天名义的雅集
四位俊友，在湖中小船上逍遥
青梅酒令人兴致勃勃，但不至于癫狂
我还年轻，你也身体无恙
正是意气风发的洒脱年龄
文质彬彬的节制之后，渐露狂野
脱口成诗，挥洒落笔，举杯敬清风和青山

一整个春天的清香都在四围流淌
我们尚不知已被时代的幸运之神垂顾过
此后，我温如玉，你坚如青瓷
而另外两位，也如竹与兰在尘世各自馨香

在射洪谒陈子昂读书台读杜甫诗

众山相拥，唯金华崔嵬
涪水到此处，别有气象

千年之后，我亦慕名而来
青苔遗石痕，得诗圣谒陈公题诗处

长廊流连，多是仰望之人
书斋踟蹰者，不乏得道之士

风云变幻之间，多慷而慨之
世事动荡之际，随遇而安

此次仅以一小杯沱酒略表敬意
待我下次过来再痛饮三天

一声长啸破清空
呜呼哉
独立高台之上，顿生低首之心
极尽天涯之境，忽有回头之意

在松溪遇见青山

星夜，携一本王维诗集到松溪
早晨推开窗，抬头就是满目青山

夜车的清风已经提醒过我
这一定是郁郁松林里才有的草木清香

通往青山的道路有几条？
有一条肯定是我这样循迹连夜而来的

在松溪，青山无处不在
你有意抑或无意，前后左右都会邂逅青山

在青山之下，你想到的也许是都市红尘
那就把青山独独留给我吧
我愿在此逍遥度世，度过与世无争的一世

在北碚

一

自在据说是此地典型生活方式
溪水相伴，花草长期驻扎在窗前
白云，随一声声鸟鸣不时地来探望你

孤独，由此打开深邃的境界
缙云山，就这样提升了你精神的高度

二

倾听了太多灵魂的诉说
北碚文化馆，绵延着悠远的记忆
一场细雨，薄薄地打湿清晨的石板地面……

我走过，披着一件历史的风衣
这文明传递的温暖，一直慰藉我到了现在

三

花鸟市场、广场舞和麻将、火锅
另一个时代里则是慷慨激昂奔走呐喊

到平民学校去教书去开启民智
那个挥动着报纸大声疾呼的长袍眼镜青年
一定是风靡一时的街头偶像

四

北碚往事太多，仰望、沉思和叹息也多
心里就总想和这里发生一点关系
那就为之写一首诗吧

那些枫叶一样火红的岁月哦
写了，就应该像诗里写的那样去生活！

心与意（节选）

一

我们总是迷恋着现代的晕眩感

又深深依恋着故乡的宁静

二

一排排波浪发出邀请

一行行海鸥踏浪而来

三

夏夜的蛙鸣，秋夜的蟋蟀

都曾是我这个旅人失眠时唯一的伴侣

四

泪水，都是一样珍贵的

没有什么大小、轻重、价值高低之别

五

在大朵的白云辉映下

春天里一颗失魂落魄的心

六

路上，一个孩子和一条狗对峙
都在犹豫着应该往前还是后退
最后，它从侧路绕道而行

七

酒，像火苗，舔了一下我的心
随后，火焰一样腾地跳了起来

八

一小滴蜜，诱惑不了这饕餮之徒
小剂量的毒，伤害不了这庞然大物

九

墙外袭来的芬芳
侵入宫廷的每一个角落
宪兵也禁止不了

十

好男孩的下场
就是会为一个坏女孩神魂颠倒

他们双目一对

就像火星撞地球

十一

月光下欲望全无

成了真正清心寡欲之人

十二

风的推进，云的滚动

在雷鸣电闪的威逼下

整个华北即将沦陷为暴雨的占领区

十三

这个城市也许过于贫乏无味

所以把每一条道路弄得曲里拐弯

好像里面藏着什么幽奥深邃的秘密

十四

霜之重，一夜之间覆盖整个国度

霜之轻，只落入一个小女子的心中

十五

人生的命运，由几把钥匙决定

打开一扇门，再关上另一扇门

或者，从一扇门通向另一扇门

十六

小时候过马路，我紧紧抓住妈妈的手
生怕被抛弃和丢失

长大了，妈妈紧紧抓住我的胳膊
格外地信赖和依恋成年的儿子

十七

他脸上的寂寥
加重着堆砌如山的书斋的荒凉

十八

她一生孩子，多年的焦虑迅速消失
只剩下所有刚做母亲的那种幸福与得意
连说话，也温柔甜蜜了许多

十九

山顶上的十字架
宣布此地为上帝的领地

第二辑　过临海再遇晚秋（2010—2020）

致——

世事如有意
江山如有情
谁也不如我这样一往情深

一切终将远去，包括美，包括爱
最后都会消失无踪，但我的手
仍在不停地挥动……

南渡江

每天，我都会驱车去看一眼南渡江
有时，仅仅是为了知道晨曦中的南渡江
与夕阳西下的南渡江有无变化
或者，烟雨朦胧中的南渡江
与月光下的南渡江有什么不同

看了又怎么样？
看了，心情就会好一点点

西湖边

为什么走了很久都没有风
一走到湖边就有了风?
杨柳依依，红男绿女
都坐在树下的长椅上
白堤在湖心波影里荡漾

我和她的争吵
也一下子被风吹散了

傍　晚

傍晚，吃饭了

我出去喊仍在林子里散步的老父亲

夜色正一点一点地渗透

黑暗如墨汁在宣纸上蔓延

我每喊一声，夜色就被推开推远一点点

喊声一停，夜色又聚集围拢了过来

我喊父亲的声音

在林子里久久回响

又在风中如波纹般荡漾开来

父亲的答应声

使夜色似乎明亮了一下

春天里的闲意思

云给山顶戴了一顶白帽子
小径与藤蔓相互缠绕，牵挂些花花草草
溪水自山崖溅落，又急吼吼地奔淌入海
春风啊，尽做一些无赖的事情
吹得野花香四处飘溢，又让牛羊
和自驾的男男女女在山间迷失……

这都只是一些闲意思
青山兀自不动，只管打坐入定

春　寒

又一个幽静的所在
是灿烂野花的秘密行宫
是繁茂草木的深邃渊薮

这藏幽纳静的所在啊
暗地里依恃着清水的涵养
绿杨掩映下的深潭
青石板路上滑腻的苔藓
还有啊，雨后寂寞地等候着的
只容得下一个人过去的小木桥

只是，在此处，林深暗淡了桃红
清贫，抑制了酒色

江南小城

仿佛慢得回到了前一个世纪……

风慢得适合在柳条间缠绵
船慢得适合在狭长的运河上漂荡
人慢得适合在此散步流连抒情
——和每一个人都要点头问好
你慢得适合幽居在一条寂寞的巷子里
——小院深深绿荫浓

而这一切啊，慢得适合回忆回味
当一朵花从桥上扔到我头上
我久久没有回过神来……

自 道

在荒芜的大地上
我只能以山水为诗
在遥远的岛屿上
我会唱浪涛之歌

白云无根，流水无尽，情怀无边
我会像一只海鸥一样踏波逐浪，一飞而过
……海上啊，到处是我的身影

最终，我只想拥有一颗海天辽阔之心

偶过古村落

村头，鲜艳的凤凰花在枝头招摇

回首处，一扇小门春风外
满院绿荫红杏生

来时是蝴蝶引路，如入迷宫
去时则黑狗相送，走出花丛

村庄仍然掩映在老榕树的庇护下
窗口的青山，也越来越远

古井里的那一潭幽绿
是此地最迷人的古董

冷兵器时代

那时，我们不尚刀剑，只会肉搏
崇拜的是体魄、凶狠与残酷
肉体是我们唯一的冷兵器
厮杀现场，没有喧哗，没有异性
无声的格斗如默片，谁先叫喊谁先输

那个年代，我们都是生猛的青春动物
处于闷头闷脑自我压抑的幽暗期
有的是斗志与咬紧牙关的硬骨头
用一种阴郁撞击另一种阴郁
用肉体的阴郁撞击精神的阴郁
嗜求血花四溅血肉横飞的残忍快感

总是有一大团无形的森森寒意尾随着我们
我们如狼群扑入城市的丛林
在街头，在墙角，在偏僻的小酒馆和桥底
我们逞强斗气，摩拳擦掌，恶言相向
我们大摇大摆，耀武扬威，横行而过
我们很远地就带有杀气

看人的眼神也显得阴鸷
我们即使坚守沉默一声不吭
也让女孩们唯恐躲之不及

轻　雷

她说在窗前听轻雷掠过云层
渴望着长久酷暑之后的一场雷阵雨
我说你是内心求变，早已蠢蠢欲动

几十分钟过去，我问雷阵雨来没
她说没来，正在院子里散步
我说雷阵雨不来，我就来了
她说是呢，你比雷阵雨还要猛烈呢

故乡感

我和各地的人都有过交流
他们都有着固执但各异的故乡感

胡同那头射来的一道晨光
映照热气腾腾的早点铺
磨剪子抢菜刀的吆喝声
……这一切是秋风唤起的故乡感

也有人重点强调阳春三月杏花江南
悠长小巷里打着印花雨伞
结着丁香一样哀愁的红颜女子

但是，最打动我的是一个游子的梦呓：
院子里的草丛略有些荒芜
才有故园感，而阔叶
绿了又黄，长了又落……

妈妈打手机

接到妈妈手机时，我正在开车
有些火急火燎，有些手忙脚乱
快七十的妈妈第一次用手机
说给远在天涯海角的儿子打一个试试
我急忙问：妈妈，没什么事吧
妈妈说：没事，就试试手机
我说好的，就这样啊。小车正在拐弯
我刚想放下手机，妈妈又说：
没事，没事，你要注意身体，不要太胖
我支吾说好的好的，没事了吧？
小车汇入滚滚车流，我有些应接不暇
妈妈又说：没什么事，我们都挺好的
你爸爸也很好，你不用老回来
其实我回去得并不多，但车流在加速
我赶紧说：知道了，你也注意身体
妈妈说：我身体还不错，你爸爸也很稳定
你要照顾好自己，不用为我们操心
我语气加快：好，好，我会的
妈妈又迟迟疑疑说：没什么事了

再忙也要注意身体啊……
前面警察出现，我立马挂掉手机
鼻子一酸，两行眼泪不争气地流了下来

寂　静

这小地方的寂静是骨子里的
河中流淌的春水，巷子里的青石板
篱笆间的藤与草，墙头跳跃的一只小鸟
……一切，都深深地隐含着寂静

寂静的，还有院子里那个空空的青花瓷瓶
等待着一枝梅或者一朵桃花的插入……

寂静的，还有孩子敲打门窗的声音
——寂静，是被敲打出来的

高处的灯光

诗人住在高高的坡上
孤零零的一栋楼，窗口的灯
一直要亮到凌晨两点……

他也许是这个小城里唯一的诗人
很多人都看得到那盏灯
久而久之成了很多人的习惯
不时要看看他窗口的灯光。一日不亮
他们就会担心他病倒，就会去敲门

这已经成为这个小城一个公开的秘密
大家都在惦记着诗人窗口的灯光
偶有外地人好奇地问起，他们就宣称这是本地的大事

爱情的救火员

那夜，他当了一个爱情的救火员
喝着闷酒，还没来得及咀嚼自己的伤心事
就打起精神劝说一对怄气的恋人和好
他明知伤心时喝酒会伤身体
但为营造气氛，还是喝，甚至是灌
既为别人，也为自己

一夜，他唉声叹气了六七次
出谋划策帮着哥们儿拯救他们的爱情
他自己的爱情却正在逃逸
“爱的人往往得不到，得到的人
又往往不珍惜，还是珍惜已经得到的吧”
他不知是想说服别人，还是想说服自己

都市里的狂奔

在都市里，狂奔会成为一个事件
会成为人们疑问和焦虑的中心

当别人都循规蹈矩按部就班地
行走、回家或上办公室、走进商场
一个人的狂奔仿佛火车冲出轨道
人们躲闪不及；又仿佛猛然射出的子弹
谁也猜不出会射向哪里，击中什么

一个人的突然狂奔会使旁人本能地驻足
回首或观望，并莫名地感到不安和危险
狂奔，总像是逃命或逃难
抑或是发疯和没来由的冲动
我现在还记得在纽约曼哈顿街头
好不容易眼尖脚快冲过去拦住一辆出租车
年老的黑人司机却不慌不忙回头慢悠悠地说
别急，当心警察怀疑你是逃犯！

我一怔，莫非他一眼看出我像一个都市的逃犯？

安良旅馆

安良旅馆矗立于小镇的一角
每天，年轻人驾着摩托车从门前呼啸而过
火拼在三公里的郊外发生
看不见血，也听不到叫喊声
这里仍然安良，包紧身衣黑丝袜的小姐
每过一个小时就去敲不同客人的房门

老板娘坐在大门口的柜台上嗑瓜子
对一切见惯不惊，熟视无睹
那些红头发黄头发的浑小子有时也会来开房
伊收了钱眼皮都不会抬一下
只有伊心仪的镇中学林老师走过时
这妖娆少妇才会咿呀呀迎上去
身子一摇三扭，正经地风情万种

医　院

医院像硝烟散尽后的战场
只剩下残兵败将和垂死挣扎者
医院又像零件散乱的身体组装车间
胳膊、大腿、头颅甚至眼球，分拆一地

在这样的地方，呻吟似微雨，悲泣如乌云
亲人的心也一点一点变硬，甚至转身逃走
在寒冷阴森的月夜
只有秋风会表示怜悯

这正是一个时代的写照：
一座大型医院里
那些被时代列车碾过的残肢断体
独自在角落里小声祈祷上帝的抚慰

城　变

十多年前，我搬来此地
窗外，大片的荒草萋萋倍感荒凉
大摇大摆四处横行的老鼠让我发愁

好在荒草的尽头有一条公路
每夜，我站在阳台上
看夜色中无限延伸的公路
和温暖路灯下滑行的长途货车

后来我在此结婚，过日子、吵架
离家出走又回来，中途大病一场
两次升迁，偶尔碰见出没此地的捡垃圾者
和一两条懒洋洋的蛇
最让人惊奇的一次，是我和一只野兔乍见之下
互相瞪着眼，最后，它落荒而逃

如今，我坐在窗口看书
轻铁轰鸣而过，我只要抬头
它就在不远处的高架桥上奔驰
仿佛从我的头顶上方直接飞过

眺　望

月夜，柳荫测量潭水的深度
洞箫考验着少妇的耐心
在竹影摇曳的阳台下，溪声
消解了对岸杂沓的脚步声……

直至无声无息，直至
眺望也渐行渐远，沿着一条小桥
跟随一条又一条小路……

飞机的轰鸣声

“飞机的轰鸣声伴随我们的一生”
在纽约肯尼迪机场，一位英国男子对我感慨：
“出发或归来，机场是必经之地
在飞机的轰鸣声中，我们或兴奋或消沉
穿过重重迷雾或飞越万里晴空”

青春时展开的人生，就像刚刚张开翅膀的飞机
迫不及待地呼啸着直冲云霄，急切地翱翔蓝天
甚至，可以听得到他们初次激动的怦怦心跳
母亲的叮咛，无心顾及；父亲牵挂的目光
视而不见。年轻的心早已飘浮在白云之上

到了一定的年龄，就不再关注外面的风景
再异样的诱惑也不能让人轻易动心
外出奔波总充满焦虑和急躁，总感疲惫
只想着平平安安地返回，即使风尘仆仆劳累不堪
在飞机落地的轰鸣声中就可以酣然入睡

我曾经也向往着每一次起飞

不管去往哪里飞向何方，感觉轰鸣声就像欢呼声
如今，不管在外面如何风光显赫
内心也觉疲倦，只盼着早日回家
飞机降落时的轰鸣声更像催眠曲
只有这样的声音才会让我安心，波澜才会平息

垂竿钓海

我坐在高高的悬崖上
垂竿钓鱼
我感到：我只要一提起竿
就能将整个大海都钓起来

一根线就将整个大海牵起来

还有什么比这更大的力量
可以牵动你整个的心和整个的世界？

冬之溪塘

寒风吹着悬挂在树枝的冰凌
一连串的小铃铛的脆响

窸窸窣窣夹杂着
掉落地上石头上的冰块碎裂声

溪塘边杂草还缠着碎雪
清晨起来就敲冰的男子，已捞了一小桶鱼

我走出房间，站在露天里透气
冰冷，如一支箭
嗖的一声击溃了冬天里的混沌感

何为艺术，而且风度

静穆，晨光似弦
猫儿在墙上，迎着清风
悠闲地弹起阳光的五线谱
然后，一曲完毕，挥一挥手
踩着猫步走了

良久
世界才爆发出雷鸣般的掌声

大　雾

连续一周的大雨终于消停
树木一身湿漉，也歇了口气
舒展开新嫩的叶子
昨夜的一场争吵却还在继续
绵长的积郁挥之不去
一如这弥漫的大雾仍在缭绕

她清晨就出了门，也没有说要去哪里
我们的小木屋就在半山上
屋后是丛林修竹，屋前有一条小溪
她也许是去了那片竹林里溜达
也许是在溪水边的石头上静坐

我心神不宁，倾听着她迟疑的徘徊的足音
我倾听了一上午，终于按捺不住
那足音似乎一直隐隐约约没有间断过
那大雾也久久盘桓，不肯消散

有一只小鸟探头探脑来暗示过什么

足音、鸟鸣和她的面容交替闪现又隐没
我伸出头去，仍不见人影
我仿佛看到她正随手采摘野果
草地上结着一个又一个小小的水网

雾消隐了泥泞地上所有清晰的脚印
我感到她还在山里，又好像已经不在

大雾隐瞒了她已经远去的真相
大雾掩饰了她早已消失的身影

山　间

汽车远去
喧嚣声随之消逝
只留下这宁静偏远的一角
没有哒哒马达声的山野
偶尔会有鸟鸣、泉响以及一两声电话铃

只留下我，一个人在林间徘徊
夜雾散去，露珠一串串滴落草丛
晨曦初露，穿越朦胧的松林
光线折断于树梢间……叮叮当当

青山，越来越静穆
也显得越来越高远
枫叶红了
天空，仍然固执地蓝着

我看见了第一个在林荫小道上跑步的人

海之传说

伊端坐于中央，星星垂于四野
草虾花蟹和鳗鲡献舞于宫殿
鲸鱼是先行小分队，海鸥踏浪而来
大幕拉开，满天都是星光璀璨

我正坐在海角的礁石上小憩
风帘荡漾，风铃碰响
月光下的海面如琉璃般光滑
我内心的波浪还没有涌动……

然后，她浪花一样粲然而笑
海浪哗然，争相传递
抵达我耳边时已只有一小声呢喃

但就那么一小声，让我从此失魂落魄
成了海天之间的那个为情而流浪的人

回湘记

那个叫萝玛的咖啡馆我没见过它
它也没见过我，所以门半闭半开，两侧的迎宾小姐
听我说普通话，一时没反应过来怎样招呼我

那个叫陈家米粉的小餐厅似曾相识
它也似乎记得我，所以那半碗肉丝米粉
为表示热烈，辣得让我差点流下了眼泪

那个叫黛丽丝的美发店我不熟悉它
它看着我也很陌生，所以它冷着脸
对我这样只剪个短发的不速之客有意怠慢

那个叫碧洲公园的地方我以前常去
它也很了解我，所以老榕树里的和风扑过来
宛如老友相拥，对面的东台山恍惚冲我眨了一下眼睛

我曾经常对着朗诵的涟水河
对我当然印象深刻，我曾献给它无数的诗歌
猛一见到消失多年的我，流速一下加快

河边草木也有些小小的激动

那突如其来的故乡的小雨显然也知道我
我也觉得它很亲切，它打湿了我的头
但柔和得仿佛只是亲人抚摸了一下

对面母校大门里轻盈走出一位白衣少女
她好像认识我，我也看着很面熟
她仿佛二十多年前隔壁班的女生，先是冲着我一笑
然后害羞地低下了头

欧洲的冬天

末日论盛行的年代，寒流也加剧
苦闷中人们纷纷拥进咖啡馆
想听听诗人们在说些什么
于是有诗人站出来，慷慨激昂
俨然上帝一样严正发言
他每说一句，台下狂热欢呼
壁炉里的火，似乎比平常烧得更旺

作为一个个人主义者，我不喜欢
这样的氛围，只得踱出咖啡馆
街头落叶纷飞，花草躲在角落瑟瑟发抖
我独自在石子铺就的街道上徘徊
天空阴郁，所有的店铺都已关门
大街上冷清不见一人，只剩
几缕灯光投射在古老的地面上

天气太寒冷，还是咖啡馆里暖和一些
于是，我又犹豫着折回了咖啡馆

新早春二月

一个江南小镇上的小学女教师
喜欢诗，擅长玩微博和短信
私底下自怜自爱又自怨自艾
她也有一个爱恋对象，异地的网友
她的灵性她的寂寞她的骄傲
就只有他还在意着、惦记着

她的嗔怨喜怒，也有了粉丝
这使她更自傲，也使她更自卑
冥冥之中她总盼望着
有一天他会带着她远走高飞
但她身边还是小桥流水
流逝着她的忧伤也流逝着她的青春

那个男青年是一个大都市白领
爱上网，他们在虚拟空间里一见钟情
他就喜欢这样的小家碧玉，让他轻松
但也是幻想大于行动，总在迟疑
他经常和友人们诉说，从不见迈出半步

就这样两个人每天守着电脑和手机相思

心在一处人隔千里之外的现代牛郎织女
让我感叹不已，我忍不住劝那位男青年：
你就是她的全部，她的人生
就只等着你帮她去完成
你应该和她私奔，去世界任何一个地方
如果这样，就是一个新的早春二月

平原的秋天

秋天，华北平原上
已收割完所有的庄稼
整个田野一望无际地平坦
只余下一栋房子
掩映在几棵金黄的大树下

白天，屋顶铺满黄金般的叶片
土黄色的房子在阳光下闪闪发光
可以听到鸡叫、牛哞和狗吠
还有磕磕碰碰的铁锹声或锯木声

夜晚，整个平原都是静谧的
唯一的访客是月亮
这古老的邻居也不忍心打搅主人
偶尔传出三四声猫叫

夜，再深一点
房子会发出响亮而浓畅的鼾声
整个平原亦随之轻微颤动着起伏

一块石头

一块石头从山岩上滚下
引起了一连串的混乱
小草哎哟喊疼，蚱蜢跳开
蜗牛躲避不及，缩起了头
蝴蝶忙不迭地闪，再闪
小溪被连带着溅起了浪花

石头落入一堆石头之中
——才安顿下来
石头嵌入其他石头当中
最终被泥土和杂草掩埋

很多年以后，我回忆起童年时代看到的这一幕
才发现那块石头其实是落入了我的心底

新隐士

孤芳自赏的人不沾烟酒，爱惜羽毛
他会远离微博和喧嚣的场合
低头饮茶，独自幽处
在月光下弹琴抑或在风中吟诗

这样的人自己就是一个独立体
他不愿控制他人，也不愿被操纵
就如在生活中，他不喜评判别人
但会自我呈现，如一株青莲冉冉盛开

他对世界有一整套完整的理论
比如他会说：这个世界伤口还少吗？
还需要我们再往上面撒一把盐吗？
地球已千疮百孔，还需要我们踩个稀巴烂吗？

还比如，他会自我形容
不过是一个深情之人，他说：
我最幸福的时刻就是动情
包括美人、山水和萤火虫的微弱光亮

例行问话

一年总有那么几次，我迫不及待地
买一张机票，再坐一小时汽车
回到住过十多年的老房子里
探望越来越衰老的父亲母亲

总有一些例行的程序，每天
我坐在客厅的长沙发中间
父亲在左边，母亲靠在右边
眼前是一杯热气腾腾的家乡绿茶

从坐下开始，父亲母亲就交替问话
父亲问得多的是工作，母亲则关心健康
这都是每次回家探亲的例行问话
反反复复，百问不厌
有时是一两个小时，有时是三四个小时
我总是老老实实坐在那儿一一回答
直到他们站起来去张罗饭菜

自从离开家乡之日起，这样的

例行问话过一段时间就重复一回

我从不厌倦，总是定期回家

安静地坐在沙发上，等着父亲母亲的询问

久而久之在心底成了一种期待

戈壁滩

戈壁滩寂寞得太久了
听到马达声就竖起了耳朵

直升机空投下一群上海来的女演员
荒野之空旷，震惊了
这一群养尊处优花枝招展的女子
她们迅速地沉默了下来
螺旋桨也停止了转动……

但只是一瞬间，草丛里的小昆虫
按捺不住兴奋跳了出来，热闹溅开
她们又开始叽叽喳喳
这些小昆虫是什么时候发配到这里的哦

怪僻的孩子

园丁的儿子，才七八岁
但一看就是一个怪僻的孩子

每天，园丁在清扫花园时
他拿着树枝一个人把单车骑得飞快
院子里的花花草草和虫儿鸟儿
都被他无限的精力和无穷的花样弄得发疯
你会觉得，这个院子其实是属于他的

上午和下午，经常只有他一个人
主人的孩子，都上学去了
他可以尽情玩耍和随便折腾
这个时候，偌大的院子是他一个人的
但也是空空荡荡的寂寞的

当主人的孩子放学回家或是周末
扔掉书包跳进游泳池里泼着水大呼小叫时
他就销声匿迹，不知躲到哪里去了

诗的危险性在过于平静

摄像头里的那个年轻男子
每天穿戴整齐，白西服白皮鞋
却像一个幽灵一样
每天在大街小巷里徘徊
每一个角落都有他的身影
他似乎比谁都忧心忡忡，紧皱眉头
比谁都忙忙碌碌。他天天外出
却永远无所事事，像那种游手好闲之徒
却不喜欢凑热闹，总是孤独一人
在马路上踽踽独行，冥思苦想
写一种叫诗的东西

但就是这样的人，最让保安放心不下
他的一举一动都牵引着他们的目光
折磨着他们的神经，考验着他们的耐力
俗语云：愈平静愈危险
他们时刻担忧，不敢有一丝一毫马虎

芙蓉镇后记

米豆腐的芳香弥漫了一条街
货郎挑着担子，随着狭窄的青石板路
在吊脚楼下逶迤游走……

田螺店、蓝染店、老银店、竹器杂货店一字排开
汽车声、摩托车声、叫卖声夹杂着几声打情骂俏
窗外，酉水挂在悬崖上如一匹白布
飞瀑轰鸣着冲到很远的地方孤独地回响

镇上的人都说：姜文那一年还是愣头青
而刘晓庆，早已风情万种
我想这就对了，愣头青
也只有美艳少妇才能收服裙下

隐　士

隐士，就应该居住在像隐士藏身的地方
寻常人轻易找不着
在山中发短信，像是发给了鸟儿
走路，也总有小兽相随

庭院要略有些荒芜杂乱
白鹅站在角落，小狗挡住大道
但满院花草芳香四溢
宛若打开了一大瓶香水

然后，就像你所知道的
房子在水边，船在湖上
而那些不时来探访隐士的人
心，飘到了云上

渡

黄昏，渡口，一位渡船客站在台阶上
眼神迷惘，看着眼前的野花和流水
他似乎在等人，又仿佛是迷路到了这里
在迟疑的刹那，暮色笼罩下来
远处，青林含烟，青峰吐云

暮色中的他油然而生听天由命之感
确实，他无意中来到此地，不知道怎样渡船，渡谁的船
甚至不知道如何度过黄昏，犹豫之中黑夜即将降临

夏天的到来拯救了我

一个雨季我都陷在迷茫里
绷着脸，不笑，经常不由自主地发愣
面对一堵青墙也会出神
整整三个月，我都不爱和谁说话
长发邋遢地在细雨中的大街上走来走去
我和梅雨季比赛哪个闷得更长久

但是夏季的到来治好了我的忧郁症
丽日蓝天让愁郁无处躲藏
清风和爽扫除了荫翳
夏天彻底缓解了我的神经紧张

是的，夏天的到来拯救了我
短发，也使我显得精神了不少

我是有大海的人

从高山上下来的人
会觉得平地太平淡没有起伏

从草原上走来的人
会觉得城市太拥挤太过狭窄

从森林里出来的人
会觉得每条街道都缺乏内涵和深度

从大海上过来的人
会觉得每个地方都过于压抑和单调

我是有大海的人
我所经历过的一切你们永远不知道

我是有大海的人
我对很多事情的看法和你们不一样

海鸥踏浪，海鸥有自己的生活方式

沿着晨曦的路线，追逐蔚蓝的方向

巨鲸巡游，胸怀和视野若垂天之云
以云淡风轻的定力，赢得风平浪静

我是有大海的人
我的激情，是一阵自由的海上雄风
浩浩荡荡掠过这个世界……

海口老街

芭蕉只是提供了一条线索
骑楼和海南话都在暗示
茉莉花香将我牵引到了一条幽暗的胡同

我只顾埋头冒雨前行
抬头却是一座陌生的南洋式大院
我肯定没来过这里，我迷路了
却偶遇一位有过一面之缘的本地女孩
我脱口而出：你的女伴呢？

三天前，我随刚结识的当地朋友去一个茶餐厅
座中皆中学同学，两个女孩正当对面
一个性情活泼，一直参与海阔天空的聊天
一个清爽干净，却始终安安静静
只是，离开的时候当地朋友告诉我
刚才我起身出去买烟的时候
那个一直安静的女孩笑我
说这个大陆仔怎么这么有意思啊

到底怎么个有意思？

很久以后我才知道

她是笑我说的那些不知天高地厚的大话

忆岛西之海

有些是大海湾，有些是小海沟
比起东部的海，它们要寂寞许多
大多躲在密密麻麻的木麻黄的背后
要穿过大片的野菠萝才能发现它们
在被人遗忘的季节里，浪花竞相绽放
一朵又一朵独自盛开，独自灿烂
独自汹涌，独自高潮，再独自消散
若有心人不畏险阻光顾，惊艳之余
还会听到它们为你精心演奏的大海的交响曲
和月光的小夜曲……
如果你愿意一直听到天亮
还会获得免费赠送的第一道绚丽的晨光

西山如隐

寒冬如期而至，风霜沾染衣裳
清冷的疏影勾勒山之肃静轮廓
万物无所事事，也无所期盼

我亦如此，每日里宅在家中
饮茶读诗，也没别的消遣
看三两小雀在窗外枯枝上跳跃
但我啊，从来就安于现状
也从不担心被世间忽略存在感

偶尔，我也暗藏一丁点小秘密
比如，若可选择，我愿意成为西山
这个北京冬天里最清静无为的隐修士
端坐一方，静候每一位前来探访的友人
让他们感到冒着风寒专程赶来是值得的

凉州月

一轮古老的月亮
放射着今天的光芒

西域的风
一直吹到了二十一世纪

今夜，站在城墙上看月的那个人
不是王维，不是岑参
也不是高适
——是我

槟城剪影

椰树举着宽敞的大伞
槟榔河冲开了海面的鱼群
白云下一个人孤单站在岸边
等待远航归来的帆船

槟榔花吐出迷魂的芳香
雨水洗刷着风尘和忧愁
他终于回到了朝思暮想的槟城
芭蕉叶后面有年迈的父母和家

天使回故乡

——致春节返乡的铁骑大军

罗小虎是我的一个外甥，如今落户东莞
他迷信：头发落在哪里，哪里就是故乡
他决定骑着刚买的摩托车赶在年前回家理发
虽然家乡离东莞近两千里

罗小虎将决定告诉小他两岁的女友
女友竟两眼发光一阵欢呼
耶，我们可以像天使一样
在高速公路上高速飞驰，好浪漫呀

女友的惊呼声吓得路边的麻雀乱飞
抬眼看天空已无大雁的踪影
罗小虎有些欣慰又有些茫然
毕竟，这是他二十岁人生的第一次长征

就这样，他们一大早全副武装出发
加入了京广高速上春节返乡的铁骑大军
这支铁骑混在大巴、卡车、货车和小车之中

仿佛一支混合部队，一路雄赳赳气昂昂北上

这支铁骑比较灵活，一会儿快一会儿慢
当汽车撞车停滞之时，铁骑轻松超车
当大车拥堵之时，铁骑见缝插针
只是，女友相拥的温暖还是抵御不了寒风侵袭

一场无法预料的冷空气发动空前的攻击
雨雪交加北风刺骨将一切瞬间冻结
京广高速地面结冰成了世界上最大的停车场
从空中看壮观如新时代的万里长城

罗小虎的摩托车夹在冰雪地上的车流里无法动弹
他也舍不得丢下包袱弃车而去
附近村民送来的热水和包子使他们不至绝望
罗小虎悲怆而又不甘地仰望着前方

当黑暗降临一切停顿毫无办法之时
罗小虎只好拿出手机向爸妈说明情况
他一边抽泣一边和女友紧紧相拥
两个人好像都看到了远方的故乡

此刻，他的心，还有她的心，都飞翔了起来
就像天使一样，回到了故乡

清　明

这一天注定细雨霏霏，或春光明媚
这一天青草萋萋，树木肃穆
这一天花亦安静，鸟亦低语
这一天水寂寞无声，山等候着前来扫墓者

这一天，沿途皆迷幻，似曾相识
老者和孩子，旧识与新人，死者或生者
都被春之魔力从各个角落召唤出来
每一个皆有缘者，每一个都仿佛亲人

这一天可以思前顾后，告往知来
借一场大哭卸下包袱，轻装出发
这一天可以穿越阴阳，抹平差距
蝴蝶白日盘桓坟地，燕子日暮按时返回檐巢

这一天是一切交接、轮回和中转的平台
前乃冬之风霜背影，后为春之轻盈步履
一边是哀泣与祭祀，一边是踏青与高歌
悲伤与喜悦同一刻发生，酒醉催促高潮

这一天，神和鬼私自默契

应许诺万物以安宁清静

这一天，天和地亦商量妥当

要启用这一天来达成一个世上的大和解

小　城

时令青菜
是这柴米油盐庸常日子里的一点新意

小城市里最温馨的一幕：
茶馆里，几乎每个人都在不停地打招呼
因为他们都认识

美的分寸感

美的分寸感
呈现在她每一缕
精心梳理过的细腻的发丝上

深夜，他蹑手蹑脚地潜入
却仅仅亲吻了一下她的额头
没有偷走任何东西，包括她的心

春 夜

春夜，无人时
一个青年男子，在树木稀疏的小道上
优雅地脱下白衬衣
搭在左肩上

他经常在林中散步
吸收着草木之清香

道

道藏于野
在这深山里
道，就是那一朵独自灿烂的白菜花

在这半亩地里
已经长出了木瓜、南瓜、杨桃和韭菜
就像我在纸上写出了云、流水、小站和暴风雨

疏离感

春天来了
飞絮吹得每一个人内心慌乱

雨中，细小的草在呐喊
台阶上溅起水花
随后散成泡沫

细雨中仍穿戴整齐彬彬有礼的他
显现出与这个时代的一种礼貌的疏离感

潇湘夜雨

回到故乡，街道是新的
开出租车的司机居然不会讲当地话
大楼是新的，旋转门也是新家伙
进进出出花枝招展的女孩一看就是新来的
超市的油漆还未干，散发着呛人的气味
二楼的星巴克也是新搬来的
服务员装模作样的服装很新奇

还好，到了夜晚，坐在家里
我打开窗户，听了一夜雨声——
只有这个是熟悉的
这淅淅沥沥下了一整夜的雨啊
就是著名的潇湘夜雨

敬亭山记

我们所有的努力都抵不上
一阵春风，它催发花香
催促鸟啼，它使万物开怀
让爱情发光

我们所有的努力都抵不上
一只飞鸟，晴空一飞冲天
黄昏必返巢
我们这些回不去的浪子，魂归何处

我们所有的努力都抵不上
敬亭山上的一座亭子
它是中心，万千风景汇聚到一点
人们云一样从四面八方赶来朝拜

我们所有的努力都抵不上
李白斗酒写成的诗篇
它使我们在此相聚畅饮长啸
忘却了古今之异，消泯于山水之间

荒漠上的奇迹

对荒漠来说
草是奇迹，雨也是奇迹
神很容易就在小事物之中显灵

荒漠上的奇迹总是比别处多
比如鸣沙山下永不干涸的月牙泉
比如三危山上无水也摇曳生姿的变色花

荒漠上还有一些别的奇迹
比如葡萄特别甜，西瓜格外大
牛羊总是肥壮，歌声永远悠扬

荒漠上还有一些奇迹
是你，一个偶尔路过的人创造的……

布　景

雾霾，把都市变成了背景
世界被推得很远
飘忽的人影很近，不时闪过
近处的树也隐约可见

那件挂在树梢上的旧衣裳
在风的吹动下，恢复了人形
有动作，虽然诡异
也张望，目标是墙角拐弯的小巷

这是哪位似曾相识的故人呢？
我一时茫然，又恍若隔世

海边小镇

这个寂寥的海边小镇
只有一朵云在上空徘徊

街头空空荡荡，居民踪影全无
只有一条狗在探头探脑
只有一群鸟儿貌似不速之客
　　自己在门前觅食
只有灰白斑驳的老钟楼
　　破旧得俨然自古就已如此
只有路边的凤凰花开得还算热烈
　　每天都是新鲜绽放

我在一家小旅馆听了一夜风雨
第二天起来，地面洁净，天空晴朗
风雨仿佛从未来过

和父亲的遗忘症做斗争

回忆，是父亲生命延续下去的通道
遗忘，则是愈来愈可怕的一个塌陷黑洞

所以，我要乘高铁不断地回家
一次又一次地提振父亲的记忆功能
和他加速的遗忘症做斗争

在父亲的记忆深处，排在第一的是亲人
因此，他会一遍又一遍地询问儿子们的情况
现在哪里，工作如何，身体可好
然后是孙子、孙女和媳妇们

同样重要的，还有荣誉
每次，他都会搬出他的各种获奖证书
在我面前一一历数人生的辉煌时刻
告诉我每一个证书后面的故事

父亲每隔十来分钟，就会把同样的话题重复一遍
我每回答一次，就会更有信心
父亲的记忆之河还未干涸，还在绵延不绝……

风　筝

这个可怜的孤独的老汉
退休后，长年以公园为家
坐在自带的小凳子上
混迹于一帮吵闹的孩子中
手里牵着一架小风筝，放飞在蓝天上

你走过时
你看一眼天上的风筝
他就看你一下
你才注意到那是他的风筝

河西走廊的雪

这里是古战场，张掖、武威、嘉峪关的狼烟
这里是伤心地，沙漠、戈壁、玉门关的折柳
我们在此徘徊流连，我们在此涕泪感慨
一次一次地设想千百年前，若自己置身此地
会是一名戍官、千夫长抑或司马
还是一位僧人、胡商或者店小二

数不清多少历史故事与事故在此交替演绎
前方无事，将军夜宴，歌吹日纵横
杀气雄边，沙场鏖战，朽骨几成堆
还有天马东来，丝绸西去
也曾胡姬旋舞，汉使张狂
佛典逐渐传入，驼队无故失踪
盗贼潜伏草丛，家族流离失散……

但一夜风寒，大雪就会覆盖山川大地
最终，是雪白占领了世界
最终，是空无和美赢得了胜利

酷　暑

堆积着的枯叶散发烧焦的气息
日复一日地聚拢、压缩、积蓄
最终成为一点即燃的巨大火药桶
轰然一响，碎片四散，烟尘滚滚

所谓的怒火也是这样炼成的
一件一件的小事触发，仿佛引线
怨恨的毒素，剂量逐渐加大，日趋浓烈
猛然间火焰一样爆发出来，向外喷射

酷暑中万物窒息，闷热压抑的大地
需要一场狂风暴雨来冲刷和宣泄
上天回应的却是一顿劈头盖脑的冰雹
这从天而降的石头一样的天外之物啊
谁也无处躲避，谁也无法幸免于难
一只蚂蚁刚出生就被砸破小脑袋

桃花潭

桃花潭是最立体的一个古董
以潭水搅拌古木、青苔和浅草融成
上面还描绘着山水、流云和雾霭
连潭影和摇曳的翠竹也是古色古香的
小心翼翼地捧起来轻轻摩挲时
手心很容易感受到那一条条细腻的微妙笔触

桃花潭是封存千年的一坛好酒
鳜鱼和山笋烧制的佳肴，香气腾腾
喝着这一坛李白未来得及喝完就已醉倒的美酒
我们在万家酒楼上，击掌而欢，一醉方休
咀嚼之后，诗兴消化成一种剩余之美
在心底蕴蓄发酵，喷吐而出，化为惊天长啸

桃花潭还是自然天成的一个音箱
清晨百鸟啾啾，牛羊哞哞，人声渐起
黄昏，小溪从山间汇入青弋江的寂静
被对面渡江而来的小船的桨声划破……
余音未了，又一条鱼泼剌一声跃出水面
夤夜，终被纷纷坠落的桃花一一消音

在坪山郊外遇萤火虫

萤火虫提着一盏小小的灯笼
飘浮在虚无的夜空下
游荡于无边黑暗的野外

那些飞行着的一点点微茫的火
似乎没有目的也没有方向
是夜晚草丛里最令人心悸的一景

你对我说：那些一闪一灭的萤火虫
就是灵魂在黑夜出游时
提着的一盏小小的灯笼

初　溪

在春天神秘之风的诱导下
小船沿着一条草木茂盛的水道探幽

江心洲上，植有黄槐、紫荆和白玉兰
两岸，则罗列着香椿树、榕树和凤凰木

然后，春水暗涨，白鹭飞过
在空中写下一行飘动着韵律的诗

摩　擦

身体一生都在与时间摩擦

有时会擦出火花
偶有动心乃至动情的瞬间
虽然短暂亦如火花一闪

有时则会擦出火焰
呈现星空一样的绚丽
沉淀为此生美好记忆

也可能会擦成火灾
浓烟滚滚伤及全身
严重者遍体鳞伤甚至屋毁人亡

但大部分的时候
身体是在与时间的摩擦中逐步老化
眼花了，背驼了
腿疼了，人老了
身体渐渐在与时间的摩擦中
磨损报废

那些曾经相爱的人现在视同陌路

春风还是清爽依旧
春天还是桃红柳绿
那些曾经相爱的人
现在却仿佛陌生人

他们在同一座城市里居住
却再也见不到对方
他们去异地旅行或流浪
也不再惦记彼此
深夜醉酒后，他们拨出的电话
是给新人的
即使在梦中，也不会再浮现
他们曾经以为永远不会忘记的
油菜花开的季节里的那一次江南之行

他们真的已忘记了往日
只有那棵见过他们争吵哭泣
后来又搂抱亲吻的梧桐树记得
只有那只听到过他们说

要死也要死在一起的鸟儿记得
他们以为会刻骨铭心的那一夜
只有 1987 年 5 月 16 日
俯瞰过人间的那一颗星星记得

江边小店

山城有些冷，在寒风中
连穿城而过的江水
也变得瘦了许多

这是冬天，街头萧条
早晨营业的小餐厅只有一家
我走进去时，满地麻雀惊散
争先恐后往外逃命

原来，它们也是前来觅食
在桌上、地上、灶台边低头寻觅
主人也懒得驱赶，在一旁包小笼包
一只大花猫躲在角落里取暖

来一碗热面条！我坐定，安静了片刻
麻雀们瞅瞅没什么危险
又全都飞回来了
冷清的小店里平添了几分热闹

眺　望

眺望，可以是码头
白帆消失的长江尽头
久久伫立的船头身影
长风浩荡一路送行

眺望，可以是车站
列车通往的远方
窗口挥舞的一方纱巾
以及一双深不见底的泪眼

眺望，可以是山顶
一行大雁指引的方向
一缕炊烟升起的地方
一段家书描述的故乡

眺望，当然也可以是眺望本身
流水能流多远，眺望就可以有多远
思念能保持多久，眺望就会有多久

历史一样地眺望，在宜宾
这是眺望的源头，这里的眺望
长江一样长，长江一样远
长江一样悠久……

著名的寂寞

抑郁，必得有酒来排遣
严寒，需要用雨水来释放
所以，这个初春，我不是在饮酒
就是在窗前听春水暴涨

寒窗下，最好还有红袖相偎
没有人能真正耐得住寂寞
寂寞要广为人知，才成为
众所皆知的著名的寂寞

我总是遇见苏东坡

我总是遇见苏东坡
在杭州，在惠州，在眉州，在儋州
天涯孤旅途中，我们曾相互慰藉
这次，在黄州，赤壁之下，你我月夜泛舟高歌

“你们前世肯定是经常一起喝酒的兄弟伙”
是的，我喜欢听这样的说法，你我很多相似
皆酒量平平，但嗜酒，其实是嗜醉，佯狂
这也许是乱世最好的逃避之道，酒可破愁散怀

你还谙熟相对论，这也是心灵的物理学
自其变者观之，万物不过一瞬
自其不变者观之，你我这样的兄弟可以饮同一场酒
你曾凭此躲过了迫害、抑郁抑或癫狂的可能

相遇终有一别，东坡兄，我们就此别过
长江边，芦草地，浮云和浮云亦曾邂逅
流水和流水亦也曾亲密无间
远方，甚至唯有更远，才是最终的方向

三　亚

我最迷恋的，是那些失落的部分
来去匆匆，这个城市难以遗留下什么

在每一处沙滩，我都记得
在每一个欢乐过的角落，我都记得

波浪来复去，那些渔网一样打捞起的
碎片，很快会被冲刷干净

哦，一杯又一杯美酒，在椰林深处
哦，一场又一场欢宴，在天涯海角

总有人久久地守候海边，不肯睡去
苦苦地等待永远不会到来的方舟

只有月光兑现了当年的承诺
制造出一片椰风海韵的迷离梦幻

一个我沦陷其中，另一个我超然于外
深知这不过是一场美丽的心灵迷失的事故

街　景

小女孩跌跌撞撞往前一路小跑
母亲大包小包在后面一路追赶

慢点，别摔了
母亲声音小而惊慌
小女孩嘻嘻哈哈，不听，继续跑
丢东西了，别跑了！
母亲加快了步伐
小女孩看母亲追不上自己，高兴坏了，还在跑
丢钱包了！
母亲又补充了一句

我看了一眼
母亲自己也还是一个小女人
母亲比小女孩还要害羞

过临海再遇晚秋

当此寒风萧瑟一季，若北人南下
必再度遭遇晚秋、江南、落英和迟桂花
香气氤氲，易使灵魂散佚，情陷太深
落叶金黄，让人目迷眼花，不辨身世
远处，田野里还摇曳着数个晚熟的麦穗
窗口，满树橘子点染秋色
古城墙头，藤缠的旧钟高挂
早晚霜打过的枫叶更红……

倘使还有黄酒、蟹黄佐秋菊款待
我这贪婪的诗意寻芳客
定将狠狠地榨取美最后的剩余价值

英雄江格尔之归来

群山为马，江河似绳
英雄江格尔正策马奔驰归来

彩霞满天，丽日当空
英雄江格尔化身雄鹰翱翔归来

草原浩瀚，长风浩荡
英雄江格尔脚踩一朵白云归来

马头琴悠扬，长调传诵
英雄江格尔乘着歌声的翅膀归来

这一天，江格尔广场上人山人海，载歌载舞
人们翘首望天，盼着英雄江格尔归来

那些伟大的高峰

博格达峰、乔戈里峰
托木尔峰、汗腾格里峰
还有慕士塔格峰、友谊峰
……
我和新疆的朋友谈起这些伟大的高峰
总是肃然起敬，无法抑制激动
他们却只是淡淡的，仿佛
是谈论他们的某位亲戚或朋友
他们熟悉得可以随口说起，娓娓道来

确实，在乌鲁木齐
我推开窗户，就看到了
在阳光下闪耀着的博格达峰

草原上的醉汉

草原上野花烂漫，酒瓶满地
醉汉骑在马上，东摇西晃
但就是掉不下来

传说人醉了灵魂会出窍
相比身体，灵魂走得有时快有时慢
所以醉汉一会儿往东一会儿往西
追寻着自己的灵魂，生怕丢了

草原上的醉汉不会迷路
忠诚的马会把他带回家

听蒙古长调

昨日，在和布克赛尔
我听到一曲美妙绝伦的蒙古长调
女歌手的声音云雀一般清越高远
直抵云霄，擦亮流云
又在云间缭绕盘旋
最终不知栖落何处

今天，在阿勒泰的湖滨旅馆
我又听到了昨日的余音袅袅
原来，那撩人心弦的长调
翻越了阿尔泰山
落向了喀纳斯湖

京郊定制

我们可以定制流水
一泓小溪从门前缓缓流淌
还可以定制树荫
叶子必须相当茂密且绿影婆娑
当然，还要定制几声蝉鸣
太多有些嘈杂，太少又嫌单调
自然，也需要定制一些清风
散发缕缕花香也很必要
尤其重要的，是得定制一间木屋
宽敞、朴素、低调，立在大地上一动不动

总之啊，这些都不难
在北京附近郊外几十公里就可找到
但问题是，在这个红尘滚滚的时代
到哪里去定制一个愿意安静地隐居于此的君子呢？

盛　夏

经过一夜暴雨的刷新
清晨，在雨淋淋的枝头上
夏天盛大的一轮红日新鲜出炉

随后，各种声音都响亮起来了
浩荡的风，轰鸣的蝉
但最嘹亮的——
仍是晴朗蓝天之下的那一阵鸽哨

大明湖的野鸭

在杨柳树下，我有一个湖泊的心
在绿荫丛中，我有一朵荷花的心

我每日静坐，想把自己坐到枯寂
我也看惯了红尘世事，看得多了
也渐渐看出一些门路
鸭子本来是飞不起来的
但野鸭子一下就飞到了对岸的树上

鸭子要野才能飞起来
鸭子一野就能飞起来

山　行

野草包裹的独木桥
搭在一段清澈的小溪上
桥下，水浅露白石

小溪再往前流，芦苇摇曳处
恰好有横倒的枯木拦截
洄环成了一个小深潭

我循小道而来，至此
正好略作休憩，再寻觅下一段路

闯海歌

序曲

那一年，最流行的口号：为了自由与梦想
那一年，最激动人心的观念：实现自我价值
那一年，最轰动的大事：海南建省办大特区
那一年，十万人才下海南

我，一个耽于幻想者，终于行动了
我，校园十大歌手，要边走边唱
我，带着一把吉他，潇洒地挥挥手
借口寒假实习，社会大学有更多可学习
作别珞珈山的云彩，踏出宿舍大门
直接奔赴真正的远方和自由的天地
回头的刹那，我注意到了一件最细小的事
墙上的日历正指向 1988 年 1 月 6 日
收音机里正在唱着崔健伤感的歌：
“你问我要去向何方，我指着大海的方向……”

我看过湘江和长江，也到过洞庭湖和东湖
我被 1980 年代启蒙出自我意识和个人精神

我想要自我实现自我超越就得去大海边
我迷信海洋是史诗、英雄与奇迹发生之地
我可以在海上建一座宫殿或某种海市蜃楼
以满足我的激情寄托我的梦想和辉煌
那些漂浮的岛屿与天上的浮云相映生辉
足以把每一天变成浪花飞溅的海天盛筵

一、北京到湛江列车上

列车一过柳州站，广播响起进行曲
车厢开始变空旷，都是要去海南岛
于是大家聚拢来，一见如故相交流
你一言来我一语，努力说着普通话
个个戴着近视镜，每人一条牛仔裤
一看就是闯海人，精神昂扬走天涯

女1：
我从小出生在海边
熟悉大海上航船
海上风大浪又高
建议吃点晕船药

男1：
大船不同于小船

抗风抗浪又安稳
不必渲染忒可怕
我亦长江岸边人

女2：
我是西北兰州人
从未看海见风浪
我愿站立在船头
拥风抱浪多浪漫

男2：
我自贵州深山来
心怀忧愁走四方
既然所爱难成对
不如远走得安慰

男3：
你们还是太天真
我们此次到海南
开头肯定多艰难
需要养精又蓄锐
我建议：睡觉

众：

睡觉好，睡觉好

睡觉可以抗风浪

又可梦中任翱翔

所有梦想皆实现

我：

大家皆已散开来

我却独坐细思量

他们都是成年人

唯我仍是在校生

天下好汉皆来此

我应多多与交结

将来成就辉煌事

需得四海众英雄

不应只做旁观者

从此主动又热情

投身潮流大快乐

二、椰乡公主号渡海轮

椰子树、槟榔树、棕榈树，我第一次看到

海南话、广东话、广西话，我第一次听到

下了火车，改坐长途汽车，大家还是同行

在天低云低的南方坎坷公路上
穿过密密麻麻暮色包围的甘蔗林
我们心潮澎湃，从湛江开赴徐闻渡海港口

我的情绪一直在酝酿，我的喉咙一直压抑
一俟登上了渡海轮船，在浩荡海风的吹拂下
我站在甲板上，面朝大海和白云飞扬的夜空
看着远处的渔火和港湾辉煌的灯火
我再也按捺不住，拿出吉他，抱在怀中
放声唱出了刚刚写下的歌——《闯海歌》

“我来自湘中，你来自京城
他来自陕北
我们来自四面八方
我们都拥有一个共同的身份：
闯海人

我向往大海，你喜欢蓝天
他热爱森林
我们对美有不同的理解
我们都热爱一个美丽的地方
海南岛

我追求自由，你渴望创业
他寻找爱情
我们兴趣各异爱好千差万别
我们都为了一个共同的目的
实现梦想

既然选择了翱翔，就要横行四海
既然选择了闯荡，就要乘风破浪”

我的歌声打动了很多人，人们围拢过来
为我鼓掌，为我欢呼，有人亢奋
有人给我水和吃的，还有人给我钱
虽然我不断摆手，反复说自己不是卖唱的
但大家照样如此，他们进入了一种特殊情境中
有人低下头深思，也有人掩面哭泣
但没有人起哄，人们默默地散开
我还沉浸在兴奋之中，久久没有平息

二、海口人民公园三角池

海口人民公园的三角池，闯海人集结中心
这里是联络据点，也被戏称为人才之家
一堵墙上贴满招聘广告、寻人启事和合作邀请
甚至，有过寻找知音同道共同创业的英雄帖

这里成了刚上岛的人才们的第一站和汇合处

十万人才下海南，人才满街走
每一个来海南的大学生都被称为“人才”
这里除了人才没有别的，除了人才还是人才
人才在这里卖烧饼、卖报纸、卖水果
人才在这里擦皮鞋、摆地摊、修单车
人才在这里专售一毛钱一杯的茶水
人才在这里交流各种信息，从招聘消息
到电视机贩卖价格到汽车摩托车走私
还有哪里有小姐哪里有房租哪里有刀枪卖
人才要吃饭，人才要生存，办法总比困难多
白天各忙各的，晚上不约而同聚集公园草地上
往地上一铺刚刚看完的新一期《海南开发报》
自发围成一圈又一圈，有人大声喊话组织
有人弹起吉他唱起歌，有人热泪盈眶朗诵诗
到了深夜捡些柴火点燃篝火，集体合唱流行歌
唱了一首又一首，从《东方红》唱到邓丽君
又从费翔唱到崔健，唱到声嘶力竭就散场

我仿佛找到了组织，接连几天，在此流连忘返
膜拜各路大神，如饥似渴恶补人生经验思想
人才个个身怀绝技，人才个个谈吐不凡

见面动辄讨论天下大事，也谈创业雄心
还有财经商务，也有家长里短，旅途艳遇
每一个都可以做我人生导师，对我循循善诱
我在这里迅速成长，仿佛注入催化剂
很快少年老成，脸色常带深沉，表情忧心忡忡
毅然决定加入这闯海一族，为了自由和理想
即使流落天涯海角，也心甘情愿，绝不后悔

四、东西湖边的角落

我在自由的天空下东游西逛，直到身无分文
中午起来站在十字街头，皱着眉头发起愁
街头人来人往，熙熙攘攘，表面杂乱无章
实则有其自然秩序和规矩，人们匆匆忙忙
但看到热闹会自动脚步放缓，眼光流连
尤其人才墙下，初来者外来客总是云集
每个人都带着好奇心、新鲜感和某种期待
这样的街头不正是一座舞台，自成氛围吗？
这里如此开阔，如此充满现实感和热闹气息
如果说缺少了一点什么，就是缺少一个歌手！

而我，正是那个歌手，我就是为此而生的
一把吉他，就能成为一个主角，一个中心
我不再感到陌生冷漠，我心中热血沸腾

我选择东西湖边一个明显的角落，弹起吉他
然后，听从内心和使命，唱起了自己写的歌：
“我是来自湘中小城的一个梦想者
为了自由和理想奔赴天涯……”

我的歌声打动了很多人，他们围拢过来
卖烧饼的山东女孩说：你唱歌唱饿了吧
给，尝一下我们山东好吃的香香的烧饼
还有一些人在我面前的盒子里放了些零钱
有一对来自浙江的年轻情侣，听了很久
他们似乎有事，等我停下来时，和我交谈
说他们是大学同学，分配不在一个地方
两人相约来海南看看，两个人这些天相处
感到互相有了牵挂，不想再这样漂泊流浪
这是他们在海南的最后一天，明天就要回去
幸运听到我的歌声，在我身上看到自己的理想
他们身上还有一些盘缠，估计我很需要
他们已不怎么在乎，就全部赠给我
希望我一定好好奋斗，鼓励我追求梦想

就这样靠着唱歌，我得到人生第一笔巨款
辛苦劳动有了回报，我的信心倍增
当即决定边唱边走，我要走遍海南全岛

五、天涯海角

天涯海角，天之涯海之角
只是古人的想象，并不是真的天之尽头
但这已成为一个符号和形象
在很多人心目中，象征诗和远方
在海口，每天都有人和我说
你应该去三亚，那里才是真正的海上天堂

站在沙滩上，我没想到这里如此荒凉
除了几块石头，一无所有
也许这正符合对世界尽头的想象
每天，人们源源不断蜂拥而至
坐着飞机挤着火车乘着轮船
他们想证明自己走得比远方更远

我随大流地游览了景区，买一个椰子坐在树下
这里有杂货铺、椰子摊和各色纪念品店
推销海螺和珍珠项链的小贩不时围着你转
卖椰子的生意最好，就着海风喝椰子
对很多大陆人是第一次的体验和享受
我想这里还缺一点什么，那就是音乐
而这正是我的用武之地

我东走走西看看，不知不觉暮色降临
我想在周边找个小旅馆，一问价钱无法承受
看着那些在树林里摇曳的吊床
我灵机一动，晚上何不就住这里
再搭个小帐篷防蚊子，安个最简单的家
白天唱歌，挣一点钱再往北走
主意一定，立即付诸实施

我选了一处海滩边有点隐秘的林子
在两棵树之间拉起一张吊床
往上一躺，很是惬意，就这样
我看了一夜最美的星光
又听了一夜最动听的涛声和鸟鸣
这些，都转化成了我内心优美的旋律

第二天一大早，我先胡乱吃了一点东西
然后选了一个游客多的地方，振作精神唱起歌
我手弹吉他，先唱“我爱五指山，我爱万泉河”
再唱“请到天涯海角来，这里四季春常在”
接着又唱起“请跟我来，看看大海”……
歌声让游客感受到了天涯海角的浪漫
我收获了最热烈的鼓掌，还有一大把纸币硬币

六、天涯歌手

就这样美美地过了两天，第三天上午
一个中年男子带着两个保安冲过来
你是哪里来的？中年男子恼怒地问
我掏出学生证，说我是大学生
男子的脸色稍微缓和了一些
“你怎么能随便在这里扎帐篷唱歌？”
“海南岛政策不是像美国西部大开发
谁先来就谁占，就算谁的吗？
这一片海滩林子又没有人占据
我当然可以在这里安营扎寨啊！”
中年男子有些哭笑不得
“你还是一个大学生，这里是景区
有管理机构的啊，谁都随便来扎帐篷
那不是全乱套了吗？算了算了
反正目前你也没影响什么，你先这样吧”
然后，他和我和颜悦色地聊起天
他姓张，是这里的负责人，本地人
听工作人员说起我的事，来看看情况
最后，他还夸了我一句，都说你唱得好
尤其那首《请到天涯海角来》很受欢迎
也算是帮我们招揽了游客。他拍拍我的肩

说暂时不和我计较了，就算景区的天涯歌手吧
我就这样名正言顺地成了天涯歌手
我每天面对蔚蓝大海，唱出心中快乐
快乐感染他人，人们冲我竖起大拇指
有位游客问我：小伙子你为什么那么快乐
我说人都要自得其乐，才会活得饱满充实

一位皮肤黝黑的老船长，每天都来听我的歌
没事时和我聊天，他说听我的歌很兴奋
他的老家在琼海谭门，曾经闯荡南海
最远到过永暑礁和曾母暗沙，如今年纪大了
前来投靠三亚的儿子，他会很多渔歌
我认真地一一记下，都是歌唱南海
“日日开船顺风浪，撒网捕鱼鱼满舱
南海是我祖宗海，护佑子孙世代长”
“渔姑靓丽又聪明，跳水下船勤织网，
阿哥开船掌稳舵，采海归来天茫茫”
“海鸥踏浪走四方，巨鲸巡游闯天涯
一生坎坷漂泊多，所幸港湾容我船”
……老船长一生闯荡，见多识广
这些都是他的珍藏，如今倾囊教我
让我格外感动，我有何德何能
唯有好好唱歌，对得起他的慷慨

老船长带我去捡贝壳，说必须早起
清晨落潮，海水退却，贝壳散落沙滩
我们沿着海滩寻觅，满地小螃蟹横走
小鱼小虾在浅滩浮沉跳跃，海边早行人不多
我捡到过凤尾螺、鹦鹉螺、海螺和各色贝壳
也认识了海龟、水母、珊瑚和砗磲、阴沉木
还知道海南曾以黄花梨、沉香闻名天下
老船长也给我讲解他在南海的奇特经历
带着指南针、航海仪和先人留下的更路簿
他们遇到过菲律宾、泰国和越南的渔民
他们在海上交换物品和打捞的奇珍异物
老船长还带我出了一次海，到了西岛
那是著名的西沙女民兵的故事发生地
海上鸢飞鱼跃，渔船穿梭，撒网捕鱼
靠岸时海浪喧哗，互相追逐，争先恐后
我们在西岛美美地饱餐了海鲜大宴
沐浴着明丽阳光，感受着清爽海风吹拂
我们回来时到了三亚港，港口帆樯林立
三亚港是南海著名渔港，一直繁荣热闹
这里渔民荟萃，来自海南广东广西福建
也收留有不少因故滞留的东南亚渔民
渔民们做饭洗菜，隔着渔船说话交谈
港湾总是烟火缭绕，饭菜飘香，一派生机

还有一位姐姐，两次来听我唱歌
那天听了很久，等我中间休息
说请我喝椰子，又给了我几张钞票
她自我介绍姓关名美琳，让我叫她关姐
说是感谢我这个弟弟，我的歌充满阳光
给了她信心，恢复了生活的勇气
她本来自台湾，如今长住海口
家庭遭遇危机，情绪低落茫然
可谓人生低谷，来此散心游览
甚至一度抑郁，曾起轻生之念
无意听到我唱歌，纾解了内心苦闷
歌声犹如甘泉，点点滴滴浇灌心中块垒
她感到众多美好，决心重新拥抱生活
明天就回海口，因此表达感谢
关姐留下电话，让我有时间联系
这位好心姐姐，让我好生感动
好人终有好报，祝福她永远幸福

因为每天唱歌，景区人员都认识了我
一位本地小伙阿壮，骑摩托要去市区
顺便带我去看，霓虹闪烁的夜世界
作为著名的不夜城，三亚是如梦如幻的传说

街头流光溢彩，红男绿女熙熙攘攘
我们和阿壮的哥们儿在大排档见面
喝得晕晕乎乎眼花缭乱，我神情懵懂
无意看到墙上一则招聘广告：
本中学拟招聘一名语文教师，大学生即可
我心里一动，差点想记下地址前去应聘
直到现在我还在回味那一幕，一念之间
如果当时应聘留下，人生应该会大不一样
但仅仅只是一转念，觉得还是应该把大学读完
毕竟只剩一年，父母节衣缩食寄予厚望
不拿一个文凭怎么也交代不过去
所以我们借着酒劲，兴高采烈风驰电掣
冲上了鹿回头俯瞰三亚这颗南海明珠
海上灯火与陆地灯火相互映照璀璨辉煌

七、翡翠小城通什

天涯海角的景色日复一日
海浪一次又一次冲击那几块顽石
就像日常生活一次又一次撞击时代的礁石
每一次，都绽放出浪花，闪烁着光亮
我的口袋也日益鼓起，开始有些想走
老船长建议我去通什，那是黎族驻地
人人能歌善舞，可以学习长些见识

我于是收拾行李，前往五指山区

在外漂泊久了，时间概念模糊
当我达到通什，已经临近春节
期间所有公交停运，只好滞留旅馆
商铺也大多关门，只有一家杂货店开着
我每天跑去购物，买些方便面和日常用品
每次都是一位黎家小妹守店，开始有些警惕
一来二去熟悉，她的名字叫作阿美
从未离开过山城，心中很多疑问
我笑她为十万个为什么，她则假装恼怒
因为笃定能吃住我，所以有些撒娇

你是大陆仔啊？大陆好远啊
是的，坐汽车坐船再坐火车要七天七夜
真的吗？她狐疑看我，怀疑我在骗她
我们坐长途车到海口也要七八个小时
她很快自我安慰，装出很懂的小大人状
然后陷入沉思，想问什么又犹犹豫豫
你春节不回家吗？你阿爸阿妈不想你吗？
可以长途电话啊，我长年在外惯了
她显然有些可怜我，但又不想流露出来伤我
她的样子让我好笑，有点想逗逗她

大陆好玩吗？你干吗要来我们海南
大陆没有大海啊，我想来看大海
哦，她表示理解，我也没看过海
阿爸说会带我去看，不过说了好几年了
那我带你去看吧，你哪天想去都可以
她有点受到惊吓，使劲摇头说阿爸会带她去
我笑说我又不会把你吃了，你怕什么？
她开始有些脸红，哼，我才不怕你呢
她还情窦未开，让我暗暗好笑
我有次逗她，阿美你干脆做我的女朋友吧
她害羞地说这是骗小孩子的玩笑话

有次和阿美聊天，她问我平时做些什么
我说我会唱歌，夸口唱遍海口三亚
她说伯父也会，而且远近闻名
被封为黎歌王，只是住在深山
通什山高水深，出来有所不便
阿美的描述让我神往，一心想见见黎歌王
言语间经常讨好巴结，阿美因此得意扬扬
正巧一天货车要去黎村拉山货
阿美就带我跟着货车司机去山上
货车上和四季闲聊到此地的神奇
最奇特的是有一个喊雨现象

冲着山里的云喊一声，天空就下雨
喊声一停，雨也停
后来才知道这是喊声发出振动
破坏了此地长年静寂的云层生态
故一喊，云层发生动荡，就下起了雨

下车走在山路上，阿美回到自由的天地
路边野地种满水果，菠萝香蕉杧果和椰子
林中翠绿欲滴，野花烂漫，蜿蜒而上
槟榔树高高挺立，甘蔗林密不透风
波罗蜜更像硕大器官，沉甸甸挂在枝头
阿美一路蹦蹦跳跳，不时摘野花插在头上
她从小在山里长大，对自然天生亲近
看她心情如此舒畅，我也被深深感染
要是我有这样一个小妹妹该有多好
我小时候就经常幻想带一个妹妹东游西荡
因为一个人的少年真是寂寞
不知不觉就到了黎歌王的家
阿美跑进去大呼小叫了好一阵
黎歌王一脸饱经沧桑后的慈眉善目
见到阿美非常高兴，对我则很客气
他喝着山兰酒，先唱了一些情歌
“两人相送岭过岭，越送越远情越长，

放头低低送哥去，站在路边拈草伤。”
“久久不见久久见，久久各见才有趣，
隔久不见又想见，见面久久又没趣，
经常见面欲生气，见得久久又分离”
然后又唱《砍山歌》和《打山歌》
“呜——喂！呜——喂！
昨夜去巡岭，昨夜去打山，
打着头山猪，打着只坡鹿，
一铳打一个，抽山藤来绑，
两人扛一个，两人抬一只。
山猪与坡鹿，见到都有份，
坡鹿与山猪，见到都有份。
呜——喂！呜——喂！”
黎歌王唱了一首又一首，他曾是个通灵者
过耳不忘能力强，唱得出上千首山歌
他说起来眉飞色舞如数家珍，从他这里
我还知道《红色娘子军》一些曲目改自黎歌
《西沙，我可爱的家乡》源自临高渔歌《哩哩美》
我用心记着黎歌王的每一首歌的旋律
我努力在山歌的宝库里贪婪地搜集
我所得到的比我在所有音乐课得到的还多
直到货车司机装完货叫我们天黑前下山

回来后我灵感大发思如泉涌
我连续改编了七八首旋律动人的山歌
我每天唱给阿美听让她开心
直到有一天，我发现她看我的眼神有些不对
联想到她最近老是痴痴发呆
我心中一惊，感到是该离开的时候了
走的那天阿美泪花在眼眶里打转
我鼓励她说好好读书考大学
我回去以后会给她寄漂亮的明信片

八、重返海口

当我再次回到海口，已从一个青涩学子
历练为既有经历又有故事的闯海青年
背一把吉他，敢去任何地方
因为滞留通什太久，早已囊中羞涩
我再次来到三角池重当街头歌手
这里仍然人潮涌动，仍然梦想飞扬
内地涌来的闯海人寻梦者源源不断
我在火热的青春热潮中歌唱蓬勃激情

某夜想起天涯海角给过我电话的台湾姐姐
试着给她打个电话，她一听是我非常兴奋
约我第二天上午去望海楼咖啡厅见面

望海国际大酒店是海口最豪华的宾馆
我连门都没敢踏进去过半步
第一次进来难免有些紧张
好在一走进大堂就看见关姐
她正和一位女孩在聊着什么
我就在旁边等边东张西望
大堂左侧咖啡厅刚刚装修一新
中央还有一架钢琴和一个小舞台
大堂里时髦男女来来往往
突然肩膀被拍吓了一跳
君弟你来了也不告诉一声
我看你忙嘛，就自己参观参观
刚才是记者来采访咖啡厅开业
你坐下我和你慢慢说道

关姐手一扬，服务员送来两杯咖啡
君弟看看这个咖啡厅感觉如何
我从未进过这种地方开了眼界
这是姐姐我刚刚接手开业才第二天
还要感谢你让我在灰心时重振精神
原来关姐随父母三年前来海南创业
没想到赶上好机会迅速发达起来
但父母离异又让她陷入人生低谷

那次去天涯海角就是想随便走走散心
正好看见我在那里又唱又嗨自娱自乐
心想一个一无所有的男孩都能如此自信快乐
于是重拾信心，再返海口奋斗
父母离异将这个咖啡厅分给她经营
她略做调整装修重新张罗妥当开业
听到这里我对关姐刮目相看
比我才大几岁如此能干实乃女中豪杰

关姐问我下一步有何计划怎样打算
我说囊中羞涩，还是准备街头唱歌
挣够路费就买票回去继续上学
以后若有机会我还是想来海南闯荡
向关姐学习努力做一番事业
关姐笑说我是父母创业女儿享福
不过要经营好咖啡厅也不容易
这几天为准备开业颇费周章
好在大事落定小事也基本落实
君弟你唱得这么好要不要来我这里试试
我这里后天开始每晚有驻场歌手演唱
还请了台湾歌手苏芮周华健作为助兴嘉宾
我一听有些不敢相信自己的耳朵
关姐我只在学校晚会正式演出过

在街头唱唱我也不怕，你就别让我献丑了
这么多明星云集我怕给你丢脸
你很有激情又充满青春感染力
我相信你的歌能打动观众不如试试
可是我基本没有过公开演出舞台经验
另外我再待半个月就得回学校上课
没关系你愿意唱多久就唱多久
姐姐是真心邀请你过来施展身手
我明白关姐真心帮我又不想我难堪
那我就试试不行就自己离开
希望通过努力对得起关姐一番好心

演出那晚彩旗飘舞花篮排队
大厅人流如涌保安里外三层
关姐打扮一新迎接客人忙前忙后
宾客如云每个歌手在后台都做足准备
开头是钢琴独奏暖场掌声如雷
接着苏芮上场，一曲《跟着感觉走》

立即引发全场合唱欢呼震天
然后是周华健，阳光歌手让人尖叫
接着是驻场歌手轮唱，来了一个串烧
此起彼伏口哨声，掀起又一阵热浪

我是第八个，现场情绪已经缓解下来
我选择了轻松温馨的清新民谣路线
感觉这样更符合咖啡厅的情调氛围
我唱了两首自己创作的歌曲
由于感慨颇多内心动情唱得如痴如醉
好像打动了众多闯海人的微妙心弦
主持人又介绍我还是在校的校园歌手
竟然收到了最多的鲜花最响亮的掌声
还有好几位客人点歌送来小费
我看到关姐和苏芮挨着坐在一起
都不约而同冲我竖起了大拇指
我越唱越来劲超常发挥精神抖擞
连自己也感觉达到了最佳状态
我下去后把所有的花都献给了关姐
关姐也紧紧拥抱我说她没有看错我
她相信我以后一定会有大出息
我就这样正式登上了舞台
实现了我少年时代就缠绕心头的梦想
我不会忘记海南不会忘记十万人才的热潮
我不会忘记老船长黎歌王教给我的渔歌山歌
我一定会把我的歌像云彩一样覆盖得更远更长久

尾　声

1988年4月，海南正式建省办经济特区
一年后，我大学毕业，正式来到海南
我所写的那些歌已传遍大江南北
其中最有名的一首叫《我是有大海的人》
谨以此歌献给海南建省办特区三十周年
致敬海南岛致敬海南人民致敬自由与梦想

《我是有大海的人》

从高山上下来的人
会觉得平地太平淡没有起伏

从草原上走来的人
会觉得城市太拥挤太过狭窄

从森林里出来的人
会觉得每条街道都缺乏内涵和深度

从大海上过来的人
会觉得每个地方都过于压抑和单调

我是有大海的人

我所经历过的一切你们永远不知道

我是有大海的人
我对很多事情的看法和你们不一样

海鸥踏浪，海鸥有自己的生活方式
沿着晨曦的路线，追逐蔚蓝的方向

巨鲸巡游，胸怀和视野若垂天之云
以云淡风轻的定力，赢得风平浪静

我是有大海的人
我的激情，是一阵自由的海上雄风
浩浩荡荡掠过这个世界……

第三辑　山中小雨迷谁人（2000—2010）

抒　怀

树下，我们谈起各自的理想
你说你要为山立传，为水写史

我呢，只想拍一套云的写真集
画一幅窗口的风景画
　　（间以一两声鸟鸣）
以及一帧家中小女的素描

当然，她一定要站在院子里的木瓜树下

碧　玉

国家一大，就有回旋的余地
你一小，就可以握在手中慢慢地玩味
什么是温软如玉啊
他在国家和你之间游刃有余

一会儿是家国大事
一会儿是儿女情长
焦头烂额时，你是一帖他贴在胸口的清凉剂
安宁无事时，你是他缠绵心头的一段柔肠

春

白鹭站在牛背上
牛站在水田里
水田横卧在四面草坡中
草坡的背后
是簇拥的杂草，低低的蓝天
和远处此起彼伏的一大群青山

这些，整个地构成了一个春天

四合院

一座四合院，浮在秋天的花影里
夜晚，桂花香会沁入熟睡者的梦乡
周围，全是熟悉的亲人
——父亲、母亲、姐姐、妹妹
都在安睡

那曾经是我作为一个游子
漂泊在异乡时最大的梦想

可能性

在香榭里大街的长椅上我曾经想过
我一直等下去
会不会等来我的爱人

如今，在故乡的一棵树下我还在想
也许在树下等来爱人的
可能性要大一些

暴风雪之夜

那一夜，暴风雪像狼一样在林子里逡巡
呼啸声到处肆虐
树木纷纷倒下，无声无息
像一部默片上演
我们铺开白餐巾，正襟危坐
在厨房里不慌不忙地吃晚餐
而神在空中窥视

只有孩子，跑到窗户边去谛听

南山吟

我在一棵菩提树下打坐
看见山，看见天，看见海
看见绿，看见白，看见蓝
全在一个大境界里

坐到寂静的深处，我抬头看对面
看见一朵白云，从天空缓缓降落
云影投在山头，一阵风来
又飘到了海面上
等我稍事默想，睁开眼睛
恍惚间又看见，白云从海面冉冉升起
正飘向山顶

如此循环往复，仿佛轮回的灵魂

同　学

他是同学中的弱者，读书时
总是紧紧跟在我后面，我只要一转身
他就可能遭人取笑或欺负
每次我撇开他单独行动时
他总是眼巴巴地看着我远去

二十年过去，听说他仍是社会中的弱者
出差时我顺便去看他
在一家公司的三楼上
他将自己深深地埋在办公桌里
不时有人过来给他发指示
他唯唯诺诺频频点头

我要走时，他死死抓住我的手
执意要把我送到楼下
并摸出一些散票要给我付车费
我拦住他，塞了些钱到他手中
说没给侄子买礼物权当红包吧
我上了车，开出很远
回头看到他还眼巴巴地站在原地

旅行者

山岩边的青苔，高原的黄土
还有海滩上的泥沙……
这些，都是他旅游鞋上的内容

但从他脸上已看不出什么来了
人到中年，他放低身段，独来独往
经常会将车随便停在路边一棵树下
全然不顾他人的眼光，摊开餐布
饮茶、喝粥，或抿一口酒，然后一走了之

雾的形状

雾是有形状的
看得见摸得着的

雾浮在树上，就凝结成树的形状
雾飘散在山间小道上，就拉成带状
雾徘徊在水上，就是水蒸气的模样
雾若笼罩山顶，就呈现出塔样的结构
雾是有形状的
是看得见摸得着的

唯有心里的雾啊
是隐隐约约朦朦胧胧的
谁也不知道它是什么样的
它盘踞在心里，就终年不散
沁凉沁凉的，打湿着一个人的身与心

如果我们硬要说它像什么形状
我们只能说它像谜的形状

夜晚，一个人的海湾

当我君临这个海湾
我感到：我是王
我独自拥有这片海湾
它隐身于狭长的凹角
三面群山，一面是一泓海水
——浩渺无垠，通向天际

众鸟在海面翱翔
众树在山头舞蹈
风如彩旗舒卷，不时招展飞扬
草亦有声，如欢呼喝彩
海浪一波一波涌来，似交响乐奏响
星光璀璨，整个天空为我秘密加冕
我感到：整个大海将成为我的广阔舞台
壮丽恢宏的人生大戏即将上演——
为我徐徐拉开绚丽如日出的一幕

而此时，周围已经清场
所有的灯光也已调暗

等帷幕被掀起的刹那

世界被隔在了后面

世界在我的后面，如静默无声的观众

自　白

我自愿成为一位殖民地的居民
定居在青草的殖民地
山与水的殖民地
花与芬芳的殖民地
甚至，在月光的殖民地
在笛声和风的殖民地……

但是，我会日复一日自我修炼
最终做一个内心的国王
一个灵魂的自治者

安　静

临近黄昏的寂静时刻
街边，落叶在轻风中打着旋
秋风温柔地抚摸着每一张面孔
油污的摩托车修理铺前
树下，一位青年工人坐在小凳上发短信
一条狗静静地趴在他脚边

全世界，都为他安静下来了

她　们

清早起来就摆桌铺布的阿娇
是一个慵懒瘦高的女孩
她的小乳房在宽松的服务衫里
自然而随意地晃荡着

坐在收银台前睡眼蒙眬的小玉
她白衬衫中间的两粒纽扣没有扣好
于是隐隐约约露出些洁白的肉体
让人心动遐想但还不至于起歪心

这些懵懵懂懂的女孩子啊
她们浑然不知自己的美
但她们模糊地意识到自己的弱
晚上从不一个人出门上街
总是三三两两，勾肩搭背
在城市的夜色中显得单薄

自　由

春风没有禁忌
从河南吹到河北

鸟儿没有籍贯
在山东山西之间任意飞行

溪流从不隔阂
从广西流到广东

鱼儿毫无生疏
在湖南湖北随便来回串门

人心却有界限
邻居和邻居之间
也要筑起栅栏、篱笆和高墙

东湖边

在亭中，我面对月下波光粼粼的湖面
珞珈山、洪山和磨山
环绕着东湖，就如三位老友
与我对座相望，遥遥举杯

当年，也是在湖边，也是这样对座
我与黄斌、沉河、良明，且饮且歌
开口就是慷慨激昂
闭嘴就相忘江湖了

一转眼，樱花落满月光下杯盘狼藉的石桌

没有西西不好玩

她一直在西西家的楼下走来走去
妈妈在一旁看着她
她急躁不安，嘟着嘴嘀嘀咕咕
说不好玩，西西不出来
就一点都不好玩……
妈妈说那你叫她下来呀
她抬头看了看西西家高高的窗户
忸忸怩怩不好意思开口
就一直和自己别扭着

她真是喜欢和西西在一起玩啊
她一看见她，就会安静下来
当然，也有可能更疯

事　故

十字路口
一辆汽车和另一辆汽车发生了碰撞
两辆趾高气扬、横冲直撞的汽车瞬间粉身碎骨

于是，所有呼啸而来呼啸而去的汽车
暂时地停了下来
它们小心翼翼地东张西望
探头探脑地降慢了速度
甚至，它们还停顿静默了那么一会儿
然后，绕过这钢铁的尸体扬长而去

那停顿静默的一会儿，就好像是一次短暂的默哀
一个简单的小型哀悼会
奔驰、宝马、法拉利、劳斯莱斯
都加入了进来，无一例外

上海短期生活

在尚湖边喝茶，看白鸟悠悠下
到兴福禅寺听钟声，任松子掉在身上
在虞山下的小旅馆里安静地入睡……
一度是我上海短期生活的周末保留节目
和作为一个中产阶级的时尚品牌

美好的时光总是短暂得来不及回味
公路像毛细血管一样迅速铺张
纵横交错地贯穿在长江三角洲
沪常路上，车厢里此起彼落的
是甲醇多少钱一吨
我要再加一个集装箱的货等等
语气急促、焦躁，间以沮丧、疲惫

后来遇到了她
我是悠闲的，让她产生了焦虑
感到了自己生活的非正常
她的焦灼干扰着我
让我也无法悠闲下去
成了一个在长江三角洲东奔西走的推销员

异乡人

上海深冬的旅馆外
街头零星响起的鞭炮声
窗外沾着薄雪的瘦树枝
屋里来回踱步的异乡人

越是夜里的都市越显得寂寥
这不知来自何处的异乡人啊
他在窄小的屋子里的徘徊
有着怎样的一波三折
直到他痛下决心，迈出迟疑的一步

小酒馆里昏黄的灯火
足以安慰一个异乡人的孤独
小酒馆里喧哗的猜拳酒令
也足以填补一个异乡人的寂寞

撞　车

当汽车驰过
金属野兽的轰隆声低沉浑浊
它大马力的冲击无人可挡
没有肉身能抗住它的轻轻一撞

车撞上狗的一瞬
我身体一缩，心里一紧
疼痛如墨汁在宣纸上曼延
紧急刹车，也无法避免这一切

就像无数次
车替人承受了一撞
车被撞上时的那种心痛
也是一样的，也是承受一种死亡
一种无法躲避的命运
人安然无恙，车却满身伤痕

我又看到了车祸

人倒在地上，鲜血像是染在了衣袖上
那触目惊心的红
真的发生了，反而显得不真实
时间静止，仿佛电视剧拍摄的中场
自行车像是一个道具
那辆汽车也似乎若无其事
只有那个人，慢慢地瘫软
最后四肢朝天

并不是所有的海……

并不是所有的海
　　都像想象的那么美丽
我见过的大部分的海
都只有浑浊的海水、污秽的烂泥
　　一两艘破旧的小船、废弃的渔网
垃圾、避孕套、黑塑料袋遍地皆是
和我们司空见惯的尘世毫无区别
和陆地上大部分的地方没有什么两样

但这并不妨碍我
　　只要有可能，我仍然愿意坐在海滩边
凝思默想，固执守候
直到，夜色降临、凉意渐起
直到，人声渐稀、潮声渐小
直到，一轮明月像平时一样升起
　　一样大，一样圆
　　一样光芒四射
照亮着这亘古如斯的安静人间

花坛里的花工

夏日正午，坐在小汽车凉爽空调里的男子
在等候红绿灯的同时也悠然欣赏着外面的街景
行人稀少，店铺冷清，车流也不再忙乱
那埋身于街边花坛里的花工更俨然一幅风景
鲜艳的花草在风中摇曳，美而招摇
花丛里的花工动作缓慢，有条不紊
花工的脸深藏于花丛，人与花仿佛融在了一起

花工始终将头低着
深深地藏在草帽里面
他要抵御当头烈日的烘烤
他还要忍受背后淋漓的大汗
一阵一阵地流淌

神降临的小站

三五间小木屋
　　泼溅出一两点灯火
我小如一只蚂蚁
今夜滞留在呼伦贝尔大草原中央
　　的一个无名小站
独自承受凛冽孤独但内心安宁

背后，站着猛虎般严酷的初冬寒夜
再背后，横着一条清晰空旷的马路
再背后，是缓缓流淌的额尔古纳河
　　在黑暗中它亮如一道白光
再背后，是一望无际的简洁的白桦林
　　和枯寂明净的苍茫荒野
再背后，是低空静静闪烁的星星
　　和蓝莹莹的温柔的夜幕

再背后，是神居住的广大北方

某苏南小镇

在大都市与大都市之间
一个由鸟鸣和溪流统一的王国
油菜花是这里主要的居民
蚱蜢和蝴蝶是这里永久的国王和王后
深沉的安静是这里古老的基调

这里的静寂，静寂到能听见蟋蟀在风中的颤音
这里的汽车像马车一样稀少
但山坡和田野之间的平缓地带
也曾有过惨烈的历史时刻
那天清晨青草被斩首，树木被割头
惊愕的上午，持续多年的平静因此打破
浓烈呛人的植物的死亡气味经久不散

这在植物界被称为史上最黑暗时期的“暴戮事件”
人类却轻描淡写为“修剪行动”

夜　行

我们这一列深夜出行的队伍
坐在雪橇上，像一支黑暗中秘密行动的小分队
向着灯火依稀的小镇出发

马蹄声声，敲击着冰冻的路面
仿佛队列行进的古老节奏
马打着响鼻，呼出的热气在寒冷中迅即蒸发

马有的快，有的慢
快的马碰到前面的雪橇，就自行刹住
马背上的毛沾着细碎的雪屑
在昏暗的马灯下晶莹闪亮

天空是鹰的帝国，此时沉寂
但安静中积蓄着一种爆发力
果然，蓦地一只黑鹰不知从何处射出
姿势优美有力，似乎被派来和我们抢速度

地下到处是冻硬的马粪

我相信如果捡起来掷出去
它的力量一定超过石头
在古代这肯定是最好的冷兵器

但这刻我们忍受寒冷的能力已接近极限
我们全都袖着手缩着头，比赛着沉默
无心周边的景物，没有了任何争胜之心
我们急切地期盼的只是
尽快赶到最近一户人家的炉火旁

夜深时

肥大的叶子落在地上，触目惊心
洁白的玉兰花落在地上，耀眼炫目
这些夜晚遗失的物件
每个人走过，都熟视无睹

这是谁遗失的珍藏?
这些自然的珍稀之物，就这样遗失在路上
竟然无人认领，清风明月不来认领
大地天空也不来认领

海上小调

海风吹着船，船上很多床
船就是一张大床
在波浪之中摇晃
海浪声如同催眠曲
深夜坐船的人难以入眠

深夜坐船的人
无论怎么看都像一群逃难者
感觉是被从陆地上放逐
在茫茫大海上，心神不宁
眼睛总是搜寻着点点渔火
抑或一盏灯、一座岛屿和海岸线

凡是深夜流落过的人都知道
宁要一张安稳的床
不要一条动荡的船

鄱阳湖边

丘陵地带，山低云低
更低的是河里的一条船

丘陵密布的地带
青草绵延，细细涓流
像毛细血管蜿蜒迂回
在草丛中衍生
房子嵌在其间如积木
人在地上行走小成一个黑点

偶尔，一只白鹤从原野缓缓上升
把天空无限拉长铺开
人不可能高过它，一只鹤的高度
人永远无法上升到天空

我头枕船板，随波浪起伏
两岸青山随之俯仰

山中小雨迷谁人

山中的小街，总是飘着一些小雨
像电影里那样冷清寂寥
像小说的描述，诡异神秘
像传说中那样，只有七八家小店
四五个铺面，却隐居了三位侠客
两个高人，和一个隐名埋姓的
曾经的江洋大盗

像所有的故事里的核心
这里还有一位貌美如花的年轻老板娘
她不知犯下了怎样的滔天大罪抑或
遭遇了怎样的惊险变故
来到了此地，甘于寂寞
大部分的情节
就围绕着她戏剧性地演绎

我是一个到此地短暂居住的过客
我也暗恋她的美丽
但我从未想过成为男主角

始终只是一个旁观者和局外人
看那些好汉为她绞尽脑汁使尽手段
直到有一天，我带走了她
彻底离开了此地，消失在人海中

在关于此事的各种版本中
只有我的形象是固定不变的：
一个被山中小雨迷住的诗人
一个在山中小雨里迷茫的诗人

暴　雨

城市先是被云压弯了
云层层叠叠，越来越厚
压下来，城市不堪其重
巨人般的高楼矮下身来
最后缩成一团

城市接着被雨摧毁
暴雨如注，三天三夜
天空轰炸机向大地倾倒雨水炸弹
把城市炸得千疮百孔
树一棵接一棵倒下
烈士般前赴后继
再也未能站起来

人心，柔弱如一根芦苇
被倾盆暴雨压垮了

江　湖

他再一次返回，只不过是为了证实
为了心安，结果，他被急冲出来的黑影
和门反弹击中，不疼
却敞开了怀疑已久的另一个黑洞

预感，有时候不一定准确
但墙角突然出现的那个人
或许早就在暗中跟踪、窥视
经常会出现这样的情况
不知何时、何处，突然冒出
一些行踪诡秘的奇怪的陌生人

那是要发生一些什么的迹象吗？
江湖险恶，但兄弟情深
出门多风雨，归来时
还有一杯冒着热气的浓咖啡等着

仲　夏

仲夏，平静的林子里暗藏着不平静
树下呈现了一幕蜘蛛的日常生活

先是一长串蛛丝从树上自然垂落
悬挂在绿叶和青草丛中
蜘蛛吊在上面，享受着在风中悠闲摇晃的自在
聆听从左边跳到右边的鸟啼

临近正午，蜘蛛可能饿了，开始结网
很快，一张蛛网织在了树枝之间
蜘蛛趴伏一角，静候猎物出现
惊心动魄的捕杀往往在瞬间完成
漫不经心误撞入网的小飞虫
一秒钟前还是自由潇洒的飞行员呢
就这样不明不白地成了蜘蛛的美味午餐

前者不费心机
后者费尽心机
但皆成自然

雪　国

雪创造的世界，也被雪辖治
飞鸟被雪藏了，猛兽也是
连鸟鸣也消失在丛林里
整个世界都被霸道的寒冷专制禁锢
连院子里的一丛杂草，也凝结成了一朵冰花

被雪藏的还有城镇、村落
以及人的踪迹和喧哗的声响
但有两匹马不知从何处突然跑出来
马蹄踏得积雪和冻土吱吱作响
群犬狂吠，冲破寂静的清晨

只有每一间小木屋的屋顶缓缓飘散的炊烟
以及从山那边逐渐呈现的朦胧晨曦
证明这里还有人的气息与动静
证明这个世界仍然还有生活、自由与美

朝　圣

一条小路通向海边寺庙

一群鸟儿最后皈依于白云深处

隐　居

晨起三件事：
推窗纳鸟鸣，浇花闻芳香
庭前洒水扫落叶

然后，穿越青草地去买菜
归来小亭读闲书

间以，洗衣以作休闲
打坐以作调息
旁看娇妻小烹调

夜晚，井边沐浴以净身
园中小立仰看月

中　秋

梦中，故乡大宅深处传来的一声呼唤
惊醒了远在异乡小旅馆里的我
哦，又是中秋了，天气已凉
秋风迢递，沿着故乡大宅前的那条青石板路
走了很远，很久，才走到小旅馆的窗前
蛰伏心间的陈年往事一一苏醒：
明月、流水、树影、花魂，还有风中站立的
穿蓝花布衫、垂小辫的邻家小妹……

——桂花冰糖莲蓉的月饼
是我的最爱

春夜的辩证法

每临春天，万物在蓬勃生长的同时
也在悄悄地扬弃掉落一些细小琐碎之物
比如飞絮，比如青果
这些大都发生在春夜，如此零星散乱
只有细心的人才会聆听
只有孤独的人才会对此冥思苦想

野　猫

它原本是一只家猫
老人走后，就流落在外
但它总也不肯远离这院子
总在这附近流连徘徊

每个黄昏，这只猫
都要跳到这条长椅上坐一会儿
主人在的时候，每个傍晚
它都是和主人在这条长椅上度过
她看书或叹气，它则安静地
蹲在一旁发愣或打盹

几年过去，它还保持着这个习惯
院子里的人也习以为常
它不受打扰地坐在那儿
仿佛老人还在，仿佛
老人的亡灵短暂重返
它要陪她一会儿……

夜行人

午夜，遗落地上的白手套
是作案的工具吗？
为何我一转身，它就不见了呢？

只有一只小老鼠
慌慌张张、鬼鬼祟祟地
钻进了深不可测的草丛里

秋风起，天气也凉了起来
我紧一紧风衣
落寞地走进黑暗的深处

需要说明的是，我不是福尔摩斯
我只是一个心头正乱的夜行人

早归人

穿越黑夜，不想惊醒沉睡的城市
最后却还是要敲响家门

我在细雨蒙蒙的清晨归来
担心打搅尚在梦中的年迈父母
静静地站在院子里，等候鸟啼天明
想起这么一句诗，兀自微笑

北国之秋

蓝得近乎透明的北国天空
金黄的叶片如风之蝉翼
一弹，就会发出金属碰撞的清脆颤音

你就会整个儿晕眩在这迷人的秋之韵律中

摩的司机

摩的司机是一位血气方刚的小伙子
他的车后正好坐上了妖娆多姿的妙龄女郎
在车流里左闪右突，横冲直撞
女郎低低的惊叫让他心里很受用

但在接过娇嫩玉手递过来的五元车钱时
他满脸的青春痘都充血，涨得通红

海岛之夜

常想起那个夜晚
天上有星光，海上有渔火
你坐在椰树下，吹着海风

微明的天光照着你有些黝黑的脸庞
而你年轻丰满的身体
比早熟的杧果更芳香诱人

这就是我关于那个海岛的印象
后来你离去，美丽的海岛也渐渐消失
只有一支小夜曲还在悠悠缭绕
久而久之回旋沉淀为我心头的一座小岛

玉蟾宫前

一道水槽横在半空
清水自然分流到每一亩水田
牛在山坡吃草，鸡在田间啄食
蝴蝶在杜鹃花前流连翩跹
桃花刚刚开过，花瓣已落
枝头结出一个又一个小果

山下零散的几间房子
大门都敞开着，干干净净
春风穿过每一家每一户
家家门口贴着“福”字

在这里我没有看到人
却看到了道德，蕴涵在万物之中
让它们自洽自足，自成秩序

青海的草原上

连绵不绝的清风啊
　　吹拂着连绵不绝的白云
连绵不绝的白云啊
　　追逐着连绵不绝的羊群
连绵不绝的羊群啊
　　寻觅着连绵不绝的歌声……

整个草原上，只放牧着一个孤独的牧羊人

探亲记

春日的和风温煦，清晨的阳光温柔
长沙往西三十公里是我们的目的地
下了省际公路，还要绕过一小座青山

在一片水田与另一片水田之间行走
田里的禾苗刚插，水里的蝌蚪还小
最显农家匠心是水田的一角再挖个小池塘

一汪清水里养着几条草鱼、鲢鱼和鲫鱼
一面镜子里反映着天上的美丽
我们觉得一切似曾相识又好像从未见过

对面农舍的小狗一听到脚步声
就冲上山坡冲着我们狂吠
下面的狗一叫，上面的狗也叫

叫声中，五六座散落的农舍渐渐清晰
狗叫声此起彼伏，空气也显得有些异样
我们的后背微微渗出了细汗

路边的树阴给了我们三分钟的清凉
正午的鸡叫又加重了闷热难耐
进退两难中迎面而来两头低头走路的水牛

牛背后还跟着一位老人和他可爱的孙女
牛看人时，我们也已经认出这小学同学的父亲
老人邀请去家里喝茶的殷勤，像杨柳又吹来了清风

“真的连茶都不喝一杯？”
“不了，我们还要赶去白若铺。”

第四辑　“为谁独立凉风中？”（1980—2000）

中国的月

这一轮月只属于中国。

印第安的女人在月光下出世，却点燃篝火，敲响羊皮鼓，狂欢地惊噪一个好端端的月夜。在中国，不需要这种热闹。夜晚只要有月，就会有人宁静地入睡，有人低吟，有人徘徊。

意象派的诗人也偷不去中国的月，只能偷走一点点月光，糅进他们焦躁的诗行里。在多噩梦的夜晚，那一点点月光，就足以使他们安静下来。

而在中国，人生的一半就沐浴在月光中。

在月光下，人不需要食物，狂喝滥饮，只要嚼诗，嚼自己淡淡的忧伤，嚼自己的过去，嚼自己异想天开的美梦。

所以李白跳进水里捉月，但月是大家的，不能独吞。

所以苏东坡掬起月光来洗脸，悟得清风明月不用一钱买，可以尽情享用。

所以情人们在月下缠缠绵绵，懂得月光下的人儿才是最完美的，月下的亲爱才是最销魂的，也不必羞羞答答。

所以所有的中国人都同享一轮明月，都记住一句诗："人有悲欢离合，月有阴晴圆缺。"

中国的月，月的中国，中国的月清清白白。月的中国温文尔雅，没有邪恶，没有粗暴，没有月下的大煞风景，只有一种原始的亘古的和平。

中国的秋

陶渊明赏菊的时候，苏轼看月的时候，便是中国的秋。

大雁排列成阵，往南飞，有些人站在山冈上，遥望故乡，忍不住泪水潸潸。

这是秋天，落叶却全然不理会人间的悲苦，落得东一点西一点，一片片落叶，便是诗了。有人把它捡起来，夹在日记本里，都发黄了。

这是中国人特有的纪念形式。

原野上，动物忙于储藏粮食，而人忙于秋收，忙于团圆。

院子里打扫得清清爽爽，一尘不染。

秋是中国人重要的一个季节。

忙了整整一年，一年的光阴就要过去了，剩下的就是清闲。人们三五个，也不说话，坐在一起各想各的心事，想起一生还有好多的遗憾未能弥补，还有好多的诺言尚未实现，恐怕是没有时间了。于是，他们心平气和地等待着，或许会发生一点什么，或许什么也不会发生。

这便是中国人的哲学。

这便是中国的秋。

秋是中国最古老的话题了。中国的秋里有中国人的人生意境。秋啊，就这样悄悄地来临了，迈着悠闲的步子，从那边走过来。

中国的爱情

中国的爱情不好用言语来表达。

中国的爱情只好用眼睛来传递“巧笑倩兮，美目盼兮”，手和手不敢碰一下，嘴和嘴不敢亲一下。

中国的爱情像一株含羞草，开放着许多的心事，轻轻地一触，就收敛起来，脸色绯红，手儿发抖，心儿跳个不停。

中国的爱情细腻得像那些小巧精致的信物，一把桃花扇，一笺薛涛诗，一丝鬓发，一块手帕，微不足道矣，却舍不得丢。

传说中国有一根红线，是月下老人用来拴住两颗心的。中国的情人们就是这样脸上淡然，心里却藕断丝连，挣不脱剪不断。

中国的情人们只能梦里相见相知相亲相爱，于是有牡丹一梦，红楼一梦。梦里来梦里去，梦里一夜春风，梦里巫山云雨，梦里花落知多少，醒来仍是一枕黄粱梦。

每个人的心里都怨着，对月伤心，见花落泪。每个人的心里都叹着，偶尔在水里看见自己的面容，只好自己爱上自己，自怜自叹。

中国的情人们也偶有心电感应的，抚一曲琴，作几句诗，高楼深闺，湖畔江边，共享一轮月，在月里看见了自己的命运。

于是，一个墙头，一个马上，才瞥见一眼就爱上了。

也有遁入空门的。

唉，中国的爱情。

落　日

一轮落日，含在黄昏的嘴里。

广场上的人，是一些忧郁的人。小孩子早已跑回了家，扑进母亲的怀里。恋人们的步履总是朝着某个方向，徐徐或匆匆。

广场上的人，只看见他们鸦色的背影。

无家可归的狗，四处乱窜，却不敢吠。

那些忧郁的人，那些心灵迷失的人，找不到归宿的人，来回走动着，看不见暮色中的路。

酗酒的疯子，唱起歌来，含混不清，但所有的人都听懂了。

每一个人的耳边都萦回着一种低低的歌声，那是黄昏的絮语。

那些人的眼里含着泪，那些人脸上浮现着凄恻的微笑。

蝙蝠书写黑夜的寓言，洒下点点阴影，落在每个人的心上。

黑夜，从地上开始，蔓延到天空。谁，还在沉湎于这虚假的回光返照中，白痴般微笑，梦呓般喃喃自语？

抓住这最后的瞬间狂饮烂醉。面对这无可挽回的沉沦的落日，斟上一杯酒，仰颈干了，然后号啕大哭。

黄昏，为什么我的眼里噙着泪，为什么那么多的人眼里噙着泪？

落日下的城堞趴在青山上，一动不动。

广场上，那么多的人仰着向日葵般的脸，牵系最后的落日。

雨季之后

朋友，水底墨黑的丝藻，一条一条地在水中漂着，摆动着。水流到这里，也被划分为细细的丝线，风一吹，又消散了，无影无踪。

向江边钓鱼的老头借个火，他头也不抬，就把烟头递过来。

老头的鱼篓里空空的，浮标抖动了一下，一条大鱼从钩底逃走了。太阳已到了中天，老头的鱼篓里还是空空的。他也许不是来钓鱼的，是来寻觅一种心境。我们也一样。

坐在太阳的阴影里，坐在桥底下，我们好久没有过这么惬意了，朋友，就像小时候常常逃课，来这里躲着学抽烟。但那时候结果总是大煞风景，一个个被家长押解回去。现在，我们却什么也不必担心了，即使天塌下来，我们也还来得及跳进水里，不会先砸死我们。

朋友，我们身边那条狗多可爱，它嗅嗅湿漉漉的蜗牛，又舔舔透明的露珠。它至少比女人忠实，而且温驯，还自由快活。

不像我们，从大城市里逃出来，逃到这里来自己舔自己的伤口。

我们从雨季里走出来，只记得她告别时的微笑，都被雨水淋湿了，模模糊糊。

我们嘲弄女人吧，嘲弄之后再想念她们。

如今青山依旧，尚未白头。你我脸色平静，内心却有一种东西在崩塌，纷纷破碎。

这是淡季，萧条的人生的淡季。我们孤单地坐在这儿，看看那边，想起朋友的一句诗："出门不用带雨伞，人生难得沐上一次雨。"

朋友，你的烟蒂扔在草丛里，只有一棵草抖动了一下，四周又静寂了。

朋友，我们历尽艰辛，回到这块熟悉的地方，有一种回到家的温馨的感觉。我们还有火车上那种一晃一晃的感觉。遥遥驶往的将是哪一站，我们暂且不用管。

桥下有一座茅草棚，茅草棚里只有一张简陋的床，母亲拾破烂去了。十来岁的女孩抡着斧头劈柴。她衣衫褴褛，又脏又丑。她的光脚踩在草地上，被露水打湿了。

这样也是活着，朋友，你说，并没有什么不痛快，只要活下去。

朋友，我对你说，我将来也许会去流浪，我也许会找到一位温顺的妻子，我将带着她，顺着风、顺着雨，就这么沿着一条河漂流下去。总会找到属于我们的茅草棚，我们将安居下来。

我将把钓到的所有鱼，都让给我那贤惠的新娘。而她四处采摘来的野果，会染红我的嘴。

朋友，山中多野果，水底多青鱼呀！我们将住在河边的草地上，善解人意的小鹿会来拜访我们。

剪　影

在这样的夜晚，烟头的红光就是一种挑衅。躲在角落里的那一个人，守护着自己的沉默。

林子里有掌声响起来，相互应和着，且伴以女孩子的笑声。

我想知道：身着牛仔服的我该有着怎样的风度？

我想知道：一个人在这里等上一个晚上会是什么滋味？湖对岸的篝火烧起来了，而孤独的那一个人，向黑暗的深处走去。

但愿今夜星光灿烂。

但愿今夜没有风吹草动传来的故事。

致北方

想塞北的风沙之中，一轮冷冷的明月照长城；想北国的马蹄踏响的地方，烽火冲天；想出关的汉子一去不复返，而娇柔的弱女子跌跌撞撞，一路追，一路喊，不肯停下；想闯荡了大半辈子的男人赶着人车，提起当年的好时光；想黑龙江冻成一条冰冷的龙时，炕火照着一张张枯干的粗糙的脸。我们在这里，想起那些和我们也许有血缘关系的人，好像很遥远，是另一个部落的人，一直在漂泊。在我们的心隅，他们却始终占着一个位置。想他们曾和我们共一个祖先，想他们的血管里，流着和我们一样浓稠、一样暖热的血液。我们常梦见他们的大胡子颤动着，爽朗的笑声吹得大胡子四散逃窜。酒喝得他们忘记了孤独，忘记了寒冷。险恶的环境造就他们粗糙的心，语言也冷硬如铁热烫如岩浆。但他们的热情像篝火一样把你温暖。

我是一个南国的青年，常想起在火车上邂逅的北方汉子、北方女人。他们对江南的美景一直贪婪。风雪并未使他们麻木，他们惬意地哼几声。他们不善表达，快活地晃动着大脑袋。那些汉子，他们的力气没处发泄，就倒出一箩子一拳子的陈年老酒一样醇香的往事。他们抡起来就“砍”，没完没了。那些女人，臀部硕大，乳房饱满。她们的大胸脯哺育出一大堆活蹦乱跳的小子丫头。她们撸起袖子，就把你坐的地方弄得清清爽爽。

那些北方的人啊，他们曾经是被迫流浪的，但如今他们爱上了脚下那块厚实肥沃的黑土地。他们和房子、老枣树一样都扎得稳稳的了，风寒再也赶不走他们。他们常常抽很大的烟斗，低着头想自己的心事。他们有时一言不发，咬着牙默默干自己的活。他们一开口就斩钉截铁。他们从不抱怨，他们忍受一切，像高粱一样漫山遍野地繁衍、生长起来。他们沉默寡言，偶尔想起以前的种种，想起南边的人，就托大雁捎去对南方亲人的问候。春天播种的时候，南方的人也和他们一起，默默地彼此祝福着，他们本是一家人呀！

中国的时空

时间好像凝固了。

中国老人坐在藤椅上昏睡百年。日头已近正午了，时间那么慢，那么长，绵延得好像没尽头，时间静止了。

只有一只蝉在反反复复地嘶鸣。

时间好像失去了意义。

时间那么多，上天赐给的时间那么多，一天和一百天又有什么区别？中国老人守住这一瞬间，闭目养神，不肯睁眼，担心睁开眼睛就会泄了自己修炼千年的真气。

中国老人面色红润，精神很好，不知道自己的白发一点一点地掉落了。

空间是四方的。

中国老人坐在正中央，内心和谐。他心里有静穆的苍天，有平静的大地，有沉默，有永恒，他满足于这个四方的世界。时间啊！你怎么这么堆砌着，千年，万年地重叠着，厚的，沉沉的，把中国老人埋在里面，中国老人偶尔喘一口气。

空间啊！你怎么这么狭小，不过是一座庭院，不过是一间书房。蚂蚁般的人生活在里面，忙忙碌碌，饱食终日。

中国老人用心揣度着这一切，对这一切了若指掌，不再有兴趣。

中国老人渴望成为一颗透明圆润的珍珠，外面包裹一层硬硬的壳，永远不会破裂。

情人的眼泪

相信有一座湖，是情人的泪水汇聚成的。

相信每一种爱情都要有泪水的滋润才能生长。

每一阵风，吹到每一个人的头上；每一阵雨，淋到每一个人的脸上；每一种爱情，在风雨中飘摇，在风雨中开花结果。

你在一个冬天来临，从此泪雨纷纷；你在一个夏季离去，仍是泪水涟涟。梦里醒来犹是泪，泪溅海棠；隔帘看人泪满面，泪水模糊了情人的眼神。那么多的泪随一种爱情而来，伴一种爱情而去。泪水洗刷一切罪恶、污秽和自私。泪水淋浴中的情人清清白白，心地纯洁。

曾经有一座湖，是情人的泪水汇聚成的。那湖，自混沌初开，亚当、夏娃降临开始，从未干涸，从未枯竭，几万年未加浓什么，几亿年未冲淡什么。泪水升华为云，四处飘散，又沛然作雨，洒在世界的每个角落。

当年，魂断蓝桥。

而今，泪洒佛罗伦萨。

曾有，湘妃点点斑竹泪。

从此，神女夜夜云雨情。

“道是无晴却有晴。”爱情的太阳四季如初、从不陨落，新鲜、美丽，每天都是新的，照着东万，照着西方，白天当空而照，光芒万丈，夜晚悬挂在情人的心上，光辉四射，尽管泪雨菲菲、雷鸣电闪。

那一双湿淋淋的手象征爱情。

那一张湿淋淋的面孔象征爱情。

少年维特的烦恼，化作一片云，悠悠然、漂泊无定。有朝一日沛然而雨，却淋湿了几大洲少年情侣的脸，至今泪痕不干。

更有一位弱女子，曾是娇嫩的绛仙草，是情人的甘露滋润而生。她终日以泪洗面，以泪来回报情人的惠爱，直到泪尽而死，仰起的面孔也枯干了。

娇嫩的姑娘，她的泪水是一条悄然无声的地下河。她只一个人躲在角落里哭，泪水只流进一个人的心里。

多情的男儿，要哭则号啕大哭一场，抹干眼泪擦掉伤心的回忆，走向另一片阳光明媚的地方。

情人的泪，泛滥起一场又一场的大洪水。有人不知自救，仅仅抓住一根草，就沉下去了；有人在一个波浪上呼号，却不知回头即是岸；也有人仰望苍天，在卷入漩涡的刹那，仍面带着微笑，做着爱情的美梦：更多的人，在水中漂浮，心底渴望着一座坚实的岛，双手不停地划动，游向某个彼岸。

隔水相望，没有一叶扁舟，也没有鹊桥可渡。情人的泪流成一条河，河中开满白莲花，但情人，有你们自己呀！

夜

深夜，我向黑暗中走去，如鱼得水，不必理会呵斥的人群，不必担心交通规则。我跨过年代、岁月和历史的丛林地，向更深更黑的林子里走去，只有我一个人，去赶赴和夜的约会。去亲近她，我和她在洞穴里拥抱，融为一体。沉默是我们的好朋友，言词从不来干扰我们心灵的默契。寂寞是我们的影子，安安静静地就像某种心境，就在我们身边。我们的手臂纠缠在一起，我们惊喜地快乐着，簇拥着，蹑手蹑脚，踏过松软的落叶，去很幽深很神秘的林子。

溪水响亮地叫着，一条蛇，倏忽而过，一闪，从脚底溜走了。一切就像布景，轮廓很快出现了，灰蒙蒙的黑白木刻版画。你不必担心白昼，那种称为光的小精灵，将在树枝间跳跃，叮叮当当，惊扰我们一连串的好梦。它早已藏起来了，也许躲在石板下，也许躲在哪一座山洞里。天边一块很浓很厚的云，黑黑的、沉沉的在那里，覆盖住那些寒冷。我们很暖和，我们只梦想着安静和爱，我们温柔的双唇沾着，不肯分开。我们游戏着，你是黑夜里的舞女，迈着轻灵的步子，悄然而来，诡秘莫测，舞蹈在轻巧的空气里。

月亮探出头来，你好！月亮，多年不见，我们如今一见，你又看见我和她在这里约会，已经不成秘密。天使常在这个时候光临，小爱神拿着弓箭，扇动轻盈的翅膀，出现在梦中。那些人心潮起伏，在床上辗转反侧。这是我喜爱的塘夜，每个不眠之夜我想你，怀念你，爬起来，掀开被子，从窗口跳下来，落在花园的草丛里，又翻过篱笆，像一只小动物从很远的地方赶来与你约会。

我穿过大街小巷，路过很多的梦境，神奇莫测，赶去与她相会。他们说你是黑暗中的巫，全身黑装，只露出一双明亮的眼睛。衣服上金属片闪闪烁烁，但你对我是赤裸着的，没有隐蔽，我能洞察你任何的细腻之处。他们又说你是充满诱惑的尤物，制造数不清的陷阱，让人们陷进去，掉落、挣扎、呼救、惨叫。你神秘地来，神秘地去。他们说你是看见光明就蜷缩融化的妖物。我不理会这一切。但我相信你，我知道你，你的千娇百媚只对我暴露无遗。我恪守这个故事，信守这个诺言。我站在阳台上，敞开门，让你能随时进来，与我为伴。你不来的时候，我坐在黄昏的悲哀里，看黄香弥漫着颓废的惨红，等候夜捎来的音信。

她们说你衍生罪恶，大片丛林是罪恶的藏身地，是罪恶的渊薮。我也从不相信。你文静、深沉，能安宁地相处，有时也会玩一两个恶作剧。你不可怕，坦荡，尽管掩藏起所有的外表，只因你有过创伤，有过流血的经历。大火照亮大地，闪电划破天空，那是你不愿回忆的可怖的夜晚。黑与安静，是你天生的本质。黑暗中出现的女孩子的惊叫声，那是邪恶的凶手伺意制造的残暴，诬陷于你。你手无寸铁，你柔软无力，你有口难辩。夜，你从不伤害某一个人，从不粗暴，野蛮。对那些伤感的孤单的梦游者，你保护他们，让他们穿过你的城市、你的原野。你善良，所有黑暗中诞生的女人善良、敏感，细致。你不漏掉任何细节。你让人们羞愧，为他们的罪行，让他们在黑暗中恢复本来的面目，撕去粉饰与伪装，为自己的不义忏悔。他们跪在角落里向你祈祷，你伸出一千只手去安抚他们的头，让他们入睡。

夜啊，我用诗呼唤你。常常担心你会掉到池塘里，我梦中醒来一身是汗。我招招手，你就过来了，掠过我纤细的神经。你是我的归宿之地，所有的浪荡者都安静下来，坐着，蓬头垢面，衣衫褴褛。这些精神的乞讨者，可怜兮兮地等待你的施舍，梦想着吻一下你的小手指。有些人甚至想入非非，发狂了，疯了。你无可奈何。你只忠于我，有时，你也是我的负担。为你，我消耗了许多心血，全都化为了天上的点点星光，这也是我所情愿的啊！我因你的抚爱而感动地吟哦出来的每一句诗，都是最动人的赞美诗。我知道我把自己送上了命运的祭坛，在巨大的铜鼎里，香火点燃，熊熊的烟火照亮了我与你这感人的约会场面。钟声，从天国缓缓响起，许多人画起十字。从此，我就有了应尽的责任。夜啊，我的爱人。

诗人，这是春天

诗人，请从你们阴冷潮湿的洞穴里面走出来吧。整个冬季像小老鼠一样整天蜷缩躲藏起来的诗人，来晒晒太阳。虽然春天仍有冬天的料峭，希望却不会再像风筝一样轻易断送。

诗人，站在你们的窗口眺望外面的世界。老太婆被阳光晒得懒洋洋的，不再咬着舌头说关于春天的坏话。婆娘撸起袖子，用自己的手到处播撒种子；男人眼睛发亮，蠢蠢欲动，不再安静地厮守炕头。

诗人，必须经历雨季，开始漫长的等待。你们不得不躺在一张藤椅上，面对窗外阴郁苍茫的天空，靠一支香烟，体验那种说不出的烦恼。烟头的红火光一闪一闪，那是仅有的温暖。农夫，在这个时候却牵牛扶犁，披着蓑衣戴着斗笠走向田野。他们的脸红了，他们的庄稼在疯狂地繁殖。

该来的季节都会到来，淋漓大雨会化为蒙蒙细雨。诗人，你不必惊奇，窗外的桃花一夜盛开，又一夜凋零了。你的女友怦然心动，想做一回葬花人。

那两片温润的嘴唇娇嫩而鲜艳，那双湿淋淋的手象征一种爱情。诗人，老鼠也在它们的洞穴里吱吱地兴奋叫着。

诗人，你一直向往着大片大片的阳光。冬季，一匹马从大草原而来，它在广场上，嗅嗅闻闻，烦躁地打着响鼻，在水泥地上低头寻找青草。诗人，整个冬季你在四面厚壁的斗室中，如一只困兽，在笼子里看见天空自由的白云。

诗人，在那阴沉沉的笼子里，你周围森森的只有黑暗的草丛。你嚼着，一篼一篼的，你拼命地嚼着。在黑夜里，后来你挤出了血，挤出了奶，那就是你的诗，你痛苦的产儿。

诗人，你未料到春天来得这样迅急，这样栩栩如生。春天遮天蔽日而来，春天铺天盖地而来，突然呈现出整个春天，如此磅礴如此宏大。你激动得眩晕过去。

诗人，这是真的，这是春天。

月　亮

月亮，我们鼓噪着，撕破喉咙，冲你喊，冲你号，跺着脚，挥舞双臂，极尽丑态。我们是醉醺醺的一群，在你下面做出种种不堪的放肆之态。

你光滑、圆润、宁静，高挂在上面，照着我，照着他，照着大家。秋风在下面吹，黄叶纷纷，落满一地，从我们脚边滚过。你见过许多，注视这一切，微微含笑。

我们终于筋疲力尽，呻吟着，喘着气，对你无可奈何。你没半点怨声，也没一丝黯淡，高悬青天。有些篝火点燃了，团团浓烟向上蹿，它们自行解散。有些人想念着情人，他们今夜喝得醉醺醺的。相思像酒精一样渗入骨髓。他们迷迷糊糊地唱歌，口吐白沫，歪倒在冰凉的石凳上，嘴里哼着情人的名字。有些人想起一生的事，总是没有今夜的月这样圆满。

我是没有情人可想，就想那可能成为我情人的某一个人她今夜在何处。我的往事像流水一般遗忘得很快，我想不起来了，也深沉地想下去。

那是不想情人的，他们在跳舞，手拉手，一齐嗨，轻松快活。那是想着情人的，情人占据了他整个的心。我是自作自受。

我躲在草丛里，那些小草拥着我，托起我的身子。我悬浮着，感受不到冰冷的大地。那些小草怕我寂寞，搔我的痒。我侧过身，黑影绰绰的建筑和偶尔几点灯火离我很遥远了，在小草后面很远很远的地方，成了一幅风景。

我撕开自己的衣裳。月亮，你贴在天上，清高而远，又圆，又瘦。你对这一切无动于衷，你见得太多。

最后的城堡

世上唯有一条路畅通无阻——从此处通向酒馆。可以用几枚叮当作响的银币买通，可以用成堆的闪闪发光的金子炸开。大门一开，城堡豁然出现，快乐忧愁之泉源源而出，汩汩而尽。

所有的李白、爱伦·坡、苏东坡、波德莱尔沿同一条大路而来，朝同一个方向而来。天南地北，古今中外，海上掌舵的所有船夫，沙漠中赶骆驼的汉子，江边垂钓的老者，青春失恋的少年，都蜂拥着，号叫着攻入这一座城堡。不喝酒不成知己，不喝酒不是好汉。在这里碰到了就是朋友，喝了酒就是知己，促膝而谈，击掌而笑。酒中品出人生真谛，酒底照见世界的因果。喝酒的最高境界在于半人半神，无所谓生无所谓死，无所谓痛苦无所谓欢乐，恍恍惚惚迷迷糊糊，得意扬扬喜气融融。

女人在窗下哭泣，她们找不到自己的男人了，丢失了自己的孩子，伤心的泪水簌簌而下。丈夫、儿子，你们还是要回去的，回到你们各自的家里，关上门就是你们自己的天地，十二平方米的天地。透过墙壁射出无数双幸灾乐祸的眼睛，戒备的眼睛，丑恶的眼睛，俗气的笑声在屋顶上盘旋。你们还得忍受婆娘们的絮絮叨叨，忍受光天化日的明枪暗箭，忍受一张张毫无生气的自私自利的面孔，忍受毫不相干的混蛋的调侃。逃出来，朋友！冲出来，朋友！从你们的屋顶爬出来，从你们的床底钻出来，扑向这最后的一座堡垒，背水一战。典衣当裤也得喝下去，勒紧腰带也要喝下去，一两二两三两四两冲上酒的珠穆朗玛峰，手舞足蹈，痛哭一场又跌进酒的马里亚纳海沟。不要悔恨，不要忘却，不是为了摆脱什么，不要无所事事地忧伤，站起来，证明你是一个人，顶天立地！不要用火烧自己的手，不要用酒瓶砸自己的脑袋，要哭就号啕大哭，要吐就翻肠搅胃地倒腾干净。不要把自己的头发当成救命草紧紧揪住，不要瘫倒在桌子上浑身无力没半点英雄本色。操起酒瓶，砸碎一切的规章规则，闯入禁区，用身体替后人滚出一条道路。不要相信如来佛的手掌始终悬在头上，不要相信有天地鬼神阴阳报应，仗着酒意去拥抱钟情我们的少女，去打碎庙宇里的偶像神灵！不能再后退了，我们困守这世界的最后一座城堡，绝不能再后退了，我们陷在这里四面楚歌，我们孤注一掷，我们垂死挣扎，非你死即我活。我们脸上发烧两眼发光，我们横槊赋诗，我们对月斗诗三百篇不在话下。我们让柔弱的女人缠住我们结实的胸膛往上攀爬。我们不是一具臭皮囊，不是手无缚鸡之力的白面书生，我们让滂沱大雨淋透我们的肉体，让电闪雷鸣锤炼我们的身躯。我们大唱豪放派的壮词！

我们是好酒之徒，是饕餮之徒，如苍蝇竞血，扑向那一缸缸酒。当世界毁灭之日，这是我们的最后一座孤城。

诗人的秋

秋是美酒，可以浇多愁的日子。

诗人穷困潦倒，坐在秋风里喝酒，唱歌，制造一种节奏，吊起破嗓子喊一声：

“秋天真美！”

秋叶被震下来，打在他们的脸上。

秋风扬起他们褴褛的衣襟。

秋雨淋在他们的发上。

墙壁塌倒了，破破烂烂，像一个破落户蹲在角落里。野草在肩上摇曳，浅斟低吟。

诗人仍然怡然自得，手中的笔串来串去，写那种叫诗的玩意儿。

他们想和秋天玩一个小小的游戏。

秋天，像一个步履蹒跚的散步者，踽踽地来到这个世界上，用一种怜悯的眼光看着诗人。

他们却昂着头，想保持这最后一点傲气。

诗人都落到以诗乞讨的地步了，却用衣袖，悄悄擦去眼泪，不让泪水流下来。

他们相信这是可羞愧的，口袋里一文不名，空空如也。

他们卧倒在深夜，瑟缩着，听窗外一夜风雨，潇潇洒洒。他们闭上眼睛做着梦。

一位名叫菊花的女子在秋风中嫣然一笑。

所有的诗人都激动不已。

到西部去

到西部去!

从今天起，我将去流浪!

卡尔·桑德堡，你别那么忧伤地看着我。你当年背着吉他，横穿整个新大陆，在西部大草原上骑着马，一路歌唱。你在加利福尼亚铺满阳光的大道上，一路歌唱。你的歌声感动那么多的人，那么多的人（甚至那些聋子）沉默着听你歌唱。你站在大峡谷上，面对回声四起的深谷歌唱，一片轰鸣!

我的歌声却如此微弱，只有一条小狗跟在我的后面摇头晃脑。我背着行囊，用那根自制的木棍当拐杖，沿着你当年指点的路就那么出发了。

在茫茫沙漠上，也许等待我的是一个斯芬克斯之谜。

而我的流浪是一首长诗，永远没有一个结尾。

我是在一个梦里得到启示的啊！那么多穷困潦倒者、杀人犯、淘金人、江湖豪杰，还有惯盗，都怀着寻找金疙瘩的梦想，蜂拥着，奔向了西部。跟在他们后面的，是源源不断的大车，载着些许的一点什物；是贤惠能干的妻子，扶老携幼而来。 那儿的生命太旺盛，石头缝里也能钻出小草，沙漠深处还有骆驼刺。那儿的空气澄清得透明，一小时径直的光照能带来一个鸡蛋的热量。那儿的雨水充沛，说下就下，倾盆而泻，绿色迅速冒出来，铺满枯干的土地和山头，转眼却是太阳高悬。那儿的石头上也繁衍着木板房，遍地流淌白色的石头的孤独。

可那里需要诗与歌啊！那本来就是史诗一样的生活，需要被歌颂，被吟唱。那粗糙干涸如沙漠一样的心，需要诗与歌的滋润，就像女人需要男人的抚爱，粗犷的土地需要汉子的开拓，夜晚需要月亮，白天需要太阳。

我就是一个诗人啊！一个歌者，一路风尘仆仆，跋涉颠簸。在路旁的小酒店里，我只要说一声："我是诗人！"就有大碗大碗的烈酒，大块大块的牛肉上来。我别无答谢，取下吉他，轻轻抚弦，给那些被生活重担压得喘不过气来的人唱上一曲，那些宁静的月夜，那些忧郁的黑夜，连马儿也感动得长嘶不已。

我并不富有，却到处施舍。我贫穷，但贫穷的不是我的心。

美丽的姑娘，你不要用那幽怨的目光挽留我。虽然那个夜晚，在那棵树下，你奉献了最珍贵的处女的嘴唇。我却犹豫了，害怕你会等待，等成了一个两眼干涸的雕像，等成了一块痴心的岩石。但那么多人需要我，我最平凡的歌声也飘进了每一个窗口，我不能留下！我会一路怀念你，一到夜晚就怀念你，见到大树就怀念你。虽然我所有的歌声都会向人们唱出来，但是有一首歌只为你而唱。我要去那儿，那块诗和歌还贫瘠的地方，那块汉子只能靠拳头发泄精力的地方，那块婆娘在帐篷里苦苦盼着男人的地方，那块孩子没有了爸爸或没有了妈妈的地方，我将为他们而歌唱！

也许我还未到达之前，我的嗓子就哑了，我的手就僵硬了，而我的嘴唇，干瘪成了干枯的花瓣。但我还是要去！要去那块也许进去了，就出不来的土地！

西部！西部！阳光多得像酒一样溢出来的地方，激情多得闯进了莽莽沙原的地方！我将去播种诗和歌，那些诗和歌将疯狂地生长，疯狂地繁殖！

到西部去！到西部去！

热　情

曾经有一种爱情使我陷在里面，不可自拔，日日憔悴。她却背过身去，只对我了一句："你太热情。"

还有一种生活，我怀着诗一般的激情，渴望着史诗的生活。自己为自己的疯狂幻景所迷醉，恍恍惚惚，最终不知结果如何。只有这一生能证明了。

一阵奇异的风，始终袭击着我，从四面八方来，从天上地下来。我不由自主地大哭，不由自主地大笑，跪倒在地，匍匐前行，膜拜那冥冥中的神，那操纵着我的青春的神。

热情，你是众神中最受宠爱的神，那么多的人甘心拜倒在你的神秘力量下。热情，你是众神中的酒神，点燃了人们身上残存的热情的火焰，复活了古希腊精神。热情，你是无法驾驭的天神，高高在上，俯视芸芸众生，喃喃自语的符咒把生命钉在大地上的每一个角落里，听任你驱驰。

我们在奇异的风中哭泣着，软弱无力。我们的泪水那么多，流成了人海，以苍天为背景，以大地为坐标。我们在热情的十字星座的光焰中，岌岌可危，晕头转向，不知所终。

曾经有一个人，为自己的热情而发疯，又为自己的疯狂所驱使，最终死在疯狂之中，那就是凡·高。他把自己的灵魂赤裸裸地暴晒在炽热的阳光之下。阳光点燃了他的热情。他的热情化为熊熊火焰，那是一颗小小的心灵的太阳啊！强烈的阳光照在每一个仰望着的人的脸上。每一个人（甚至那些瞎子、聋子、哑巴)都感受到了它的灼烫。凡·高的色彩是幻觉构建的世界。在这个世界里，瞎子看到了光明，聋子听到了喧嚣，哑巴发出了声音。

在另一座大陆上，有一位孱弱的老者，叫鲁迅。在黑漆漆的夜晚，在只有狗叫的夜晚，他掏出自己的心，举起来。那颗心光芒四射，那颗心灿灿地、辉煌地照耀，悬挂在破破烂烂的大地之上，在所有的城市和村庄之上。那种痛苦的热情，深藏于他的心灵深处，如运行于岩层的地火，终有一天会喷吐而出，推毁一切的朽木枯枝和黑暗的森林。可敬的老人，他背着沉重的十字架，却成了所有后来者的路标。举起来了，我们都是一个黄色种族的骄傲。

我也是太阳的儿子啊！却曾被白昼所抛弃，放逐我在黑夜漫漫的泥泞的路上，在黑夜里，我四处漂泊，寻找星星点点的火光：希望。我深信夜晚的太阳是存在的。我渴望像一只扑火的飞蛾，纵然焚身，也是精致碧绿的英雄。我没有找到夜晚的太阳。所有的人却蓦地闯入了白昼，强烈的阳光刺得我一时睁不开眼睛，我苍白的皮肤在阳光下灼烤着，几乎萎缩起来。我真担心自己会被烤成一朵焦红干瘪的花，失去所有鲜艳的色彩和芬芳的气味。

万物都生机勃勃，在一种发酵的热情的催发下，万物里蕴蓄着一种生长的茁壮的欲望。

而如今，我又是如此热情啊！热情得足以自燃。

欸乃之声

那天去湖里荡舟的时候，四周静无一声。

而风吹草动，轻轻地飘落的是白色的鸟的翅膀。

芦苇一丛一丛地摇曳着。风一点一点地大起来，继续吹着。

我们都不敢轻言细语，怕破坏了这沉寂的虚空的境界。只有划桨的欸乃声，有节奏地响着。

现在想起来，那欸乃之声似乎正是为了配合这寂静的天与地而发出来的。它就像天然地永远地那样响着。

所有风景如今都淡忘了，唯有那一声又一声的欸乃之声，还在我们记忆的逝水中响着。

一片原野

这片原野，不时有季风扫过，变换着方向，纵横交错。

这片原野，有大雁从空中掠过，一个“人”字写在云端，呈现一种姿态。

这片原野，也有乌云飘过，沉重的阴影笼罩每一根草尖，每一枝树梢。

这片原野常常是阳光明媚，一个风筝不幸跌落，挂在树杈间，却仍在悠悠地飞呀飞呀，虽然仅是一种象征性的梦想。

那片原野上，经常站着一个人。他不开口，缄默，在黄昏中如一座雕塑。一只小鸟想停在他的肩膀上，但还是飞走了。落日就在他的头顶上，他的瞳孔里反映着两颗孤独的星星。

那片原野上，有时也躺着一个人，他吹吹口哨，保持肃穆的寂静。他深深懂得原野的奥秘。长长的茅草在风中一起一伏，起时他的头发也凌散成茅草，伏时他的面庞便勾勒出来了。远处，一匹马在长嘶，呼唤着主人，他却一动不动。

这片原野上，还有一些秘密，只有四季知道。四季却总找不到踪影，总是来去匆匆，人们只看见四季的背影。 这片原野，经常有人走过来，又走过去，那是漫步者。就这样。

爱诗的少女是美丽的

有一种少女是名贵的水仙，只啜饮淡淡的清水。有一种少女是不安分的蝴蝶，终日在花间流连。有一种少女是从花苞里生长出来的，这样的少女是爱诗的。爱诗的少女是美丽的。

她的叹息是美丽的，是滴落晨间的一颗露珠。她的微笑是美丽的，是轻轻拂过的淡淡的芬芳。她的幻想是美丽的，是点缀青春的天空的朵朵白云。

爱诗的少女是美丽的，你要好好珍惜。你要做那徘徊树下，打着赤脚踩在沾满露水的草丛上的少年，等待着，向四月的小路上眺望，等着她哪一天飘然而至。当鸟儿啄落的一颗果子打在你的头上，当一片黄叶落在你的青发间，她总会来的，你要耐心地等着。

写　作

我知道，就像我拥有的其他癖好一样，写作不过是其中的一种恶癖。

写作，我所有的心思凝固于此，无暇旁顾。我所有的悲喜牵系于此，无法可想。

每天，我为写作所累，趴在桌子上活像老苦力，在这个字与那个字之间调兵遣将，精心排列，终日乐此不疲，不惜挑灯夜战，废寝忘食；以致久染成疾，百无一用。

现在我脸色苍白、瘦骨嶙峋，满脸络腮胡子，一天到晚冥思苦想，枯燥无味，却嗜好指手画脚、评头品足。

我对简单的乐趣不屑一顾，对琐碎的幸福嗤之以鼻。巨大的快乐却又总与我无缘。

我穿过大街小巷，东张西望。在深夜的霓虹灯下，在超级市场，冷冰冰的商品以物质的目光打量我，怀疑我。我是不速之客，抑或更像一个鬼鬼祟祟的小偷。我身无分文，却自以为是，每天窃取灵感。

写作，你弄得我蓬头垢面、得意忘形，令人讨厌。

我有时愁眉苦脸，垂头丧气，对节日和笑靥深恶痛绝，对苦难和泪水津津乐道。

我常常尖酸刻薄，不肯原谅他人；或者谈吐不凡，锋芒毕露；更多的时候则是孤高自许，远离芸芸众生，俨然一位君子，深居简出，放弃所有的财富和欢乐，躲进幽深的城堡，走来走去。

写作，你使得我在城市里无处可去、无事可干。如今，我想安下心来，专心享受。在十字路口一身笔挺，戴着墨镜，窥视着身边来来去去的女人充满阴谋诡计；或在酒吧里吞云吐雾，沉湎于往事。

但是，写作，我知道，我此生终究难以摆脱你，尽管我早已面目全非。

写作，你不过是我众多恶癖中的一种而已。

每一次的诞生都是痛苦

我总是在生日那天感到自己被一层一层地剥去了丑恶的东西。

最后只剩下骨头了。

我走向成熟。

却永远避免不了悲剧的诞生。

我十岁开始懂得自己将流浪一生，我从小就被放逐。我是为人心所抛弃。

所有的大门对我紧闭，所有的面孔拒绝我。

冷漠，像结在我身上的一层痂，至今没有脱落。

那是流血凝成的。

我在十字街口徘徊，在路灯下哼着辛酸的歌。

我以眼泪悼念童年，怀念慈祥的祖母。

我珍惜的东西藏而不露。

我习惯了不动声色。

直到爱情使我的人生产生了翻天覆地的变化。

像一场地震，我四处逃难。

像一阵雷鸣，我震耳欲聋。

春天就是一头猛兽，在森林里蠢蠢欲动。

我们以甜蜜的亲吻来迎接一种苏醒、一种萌动。我们战栗的双手相握，抖擞起充满活力的躯体，迎接一个崭新时代的到来。

那不啻是一场伟大的革命。

我从此拥有了一个完整的世界。在我失去它之前，我幸福、潇洒，惬意得像猫一样发出满足的呻吟。

我跳跳舞，拉着她的手去度过美丽的节日。

我所有的激情，一时黯然无光。我全部的灵感，因她而生，又进入对她的所有赞叹。

我深入到了生命最快乐的底层。

那也是最孤独的深处了。

我无怨无恨、无牵无挂，就这么分手了。

甚至没有说一声“再见”，因为各人在想着各人的心事。

我没法潇洒起来，我没法拍拍屁股，挥挥手，就这么你朝南我朝北地永别。

我钻进回忆的洞穴里，蜷缩起来。

我的生活成了一条长长的黑暗的隧道。爱情，像一盏灯，从我身后照耀我。

我只看得见自己的影子了。

我深入自己，沉下去，潜入心灵最深处。我无法再深入下去了。

恍然大悟，如一道闪电，打击我二十岁的头颅。

我们是永远不可能融为一体的了，你就是你，我就是我！

我在激动悲壮的泪水中脱胎换骨。

我已是另一个我。

我浮出海面。

我用二十岁祭奠完二十个春秋，走入另一个世纪。

我把酒一口喝干，头一回，从此去，浪迹人生。

我南到天涯海角，北到塞外沙漠。

我成了大都市最微不足道的那种人，只乞讨生活。霓虹灯闪烁，谁也看不清我脸上的表情。

一个包袱里装满了我全部的经历。

我向柜台里的姑娘微笑。她们涂满口红的嘴唇微启。她们的眼神是那种落寞的阴影。

我和街头的霹雳舞者交朋友，他们教我怎样把苦恼升华为快乐。

我用歌声宣泄所有的情绪。

我还只是一个寂寞的小男孩，所有的人都有权利抚摸我的脑袋，对我说：“你还小。”

我总是把每一天都当成一个新的节日。每一天的太阳都是新的。

我在阳光下听得见自己的关节咔咔拔高的声音。

我在深夜里凝视自己那因抽条而具有的青春期的憔悴。

欲望与理智的冲突，肉体与精神的交锋……每一个节日里我都在痛苦地蜕变。

一层层皮褪掉，又长出新的皮。

我一刀斩断同过去的纠葛。

所以我总是立在感情的废墟上，面对空旷的蓝天和苍茫的青青草原。

我是立于孤独的尖端之上。

在孤独的尖端上我傲然挺立。我因孤独而感到遗世独立，自由不羁。

脚下是坚实的大地、苍白的石头。

我因不幸而幸福。

我因痛苦而光荣。

我因自卑而骄傲。

我成为雕塑的日子，将是鲜花怒放的日子，所有的鲜花簇拥我。

我超越大海的日子，是另一个世界向我展现它全部绚丽的日子。

我将从一座大陆到另一座大陆。

我将泅渡命运的漫漫长河。

最后的日子也许就是毁灭的日子。

最初的日子却是诞生的日子。

每一天的日子都是诞生的日子。

这全都是由痛苦构成的。

魏晋人

一个人在深夜里痛哭，另一个人无端地披头散发吟诗狂走。他们走到无路时就返回，免不了又是一路号啕大哭。

他们的人生是泪水的人生。

人间自有真性情。

《广陵散》从此失传。

笑傲江湖吧，奔走天涯吧，这世界大得足够一个人去闯荡了。

不计较长袍为风所累，不顾忌声名为身所累，沉湎于酒，酒中自有真乐趣。

书中自有颜如玉。

用泼墨丹青来抒写心灵，用诗为生，用剑来抒发情绪，然后，评古论今，清谈之风盛行。

一句话达到美的最高境界。

一句话震惊朝野，山岳为之耸动。

飘飘然有林下风度，如柳迎风，如濯朝霞、饮清露，魏晋人趣味自高一筹。

雪中访友，兴发而起，兴尽而返，已尽得访友的旨趣。

也有人，自诩胸中有甲兵数万。

羽扇纶巾，一棋之间尽退百万敌兵，一曲雅歌引来白雪纷飞，落叶飘零。

魏晋人咽自己的泪，咽自己的血。

鄙吝世俗，每个人惯作青白眼，一谓青，一谓白，在青与白之间，就是漠然。

但不是麻木。

独立的人格恰如松柏立于云雾之中，却有狂风暴雨摧折。

悲愤的心情从来不曾减弱。

苦中作乐才是他们的真哲学。

流浪汉

你从卓别林的电影里走出来，来到这茫茫人世，在大街上踽踽独行，在阳光中走着。人们的笑声在你头顶上响着。

我看见你衣衫褴褛，东张西望，向人们咧开嘴笑。他们却视而不见，避你唯恐不及。

我看见你向小孩招手，他们跟在你身后。你抱起其中一个，和他悄悄说话，他笑得好开心。

我看见你坐在山坡上，面对夕阳，忧郁地哼着小调，背影嵌在摇曳的杂草丛里成一幅黑色剪影。

我看见你穿过灯红酒绿的大街，伫立在巨大的广告牌前，向戴黑礼帽的侦探借火，跟仪态万方的美女秋波频递，四目流盼。

我不知道你在想什么，流浪汉。别人丢下的烟头，你捡起来，惬意地喷出一个个美丽的烟圈，又看着它们像你曾有的美梦破灭。

我不知道你在干什么，流浪汉。你操起酒瓶，一饮而尽，冲天空喊出自己的愿望。你冲动的时候伸出手来，张开双臂，拥抱这个破烂不堪的城市，你熟悉的城市，这个生你养你的城市，你又恨又爱的城市。

流浪汉，那天我们在狭窄的小巷里相遇，你问我是谁，我自己也不知道，我只知道唱歌给你听："'Mary，Mary，我来到这个世界上，全是为了你。'"你点点头，我们像两条饱经沧桑的狗，在惨淡的秋阳里邂逅了，伸出舌头去舔对方的伤口。

孤独的男人和女人

当一个男人说：“我真孤独。”美丽的姑娘，你要当心，这往往是一个不幸的故事的开始。

当一个女人说：“我真孤独。”胸怀壮志的小伙子，你要谨慎，这也许是你毁灭自己的前奏。

一个孤独的男人和一个孤独的女人相遇，这样的悲剧里有太多危险，空气会渐渐紧张起来，一触即发，一点即燃。

也许他们会疯狂地相爱，一种同归于尽的可怕的爱情。也许他们会相互仇视，狼一样对峙，不让分寸。总之，这几乎是一场你死我活的搏斗，而且无法避免，除了一同走向沉沦。

这是一种灾难，这是一场地震。他们是震后仅存的人。他们为了抵御外来的黑暗、恐惧、袭击，狠狠地纠缠在一起，企图忘却一切。

最终，他们会清楚地知道，他们将永远是孤独的。也许，他们从此就完蛋了。

也许，他们在废墟上站起来。

只有青青野草是永恒的。

只有风，不断地袭来。

只有孤独永远不会消逝。

一个孤独的男人，是一头焦躁不安的野兽，在黑暗中咬紧牙关，窥视着你，伺机而动。

一个孤独的女人，是一种神秘的尤物，设置众多陷阱，诱惑你。

对这样的男人和女人，除非有太多的自信，你不要轻易应战。

因为你的对手不仅仅是一个人，而是孤独的本身！

孤独是永远战胜不了的。

致你们

我悲愤的心情，甚至无法化为诗句。我严厉的目光，永远无法逼迫嘻嘻哈哈的你们、自以为是的你们低下头去。

我不可能使你们羞愧！

我不可能使你们面对一切都不以为然的嘴脸换上谦逊的神情！

你们永远不会通过镜子真实地审视自身！

你们真事儿似的谈论女人，你们玩世不恭地上大街，你们逛酒馆，你们无视星星，你们忽略那一片透过窗户洒进来的月光，你们在黑暗中制造污秽的词汇污染空气，你们就是什么实事也干不来！

没有人比我更瞧不起你们的了！

没有人比我更热爱你们的了！

你们以嘲弄的语气品评我纯真的爱情。

我悲怆的过去成为你们餐桌上的佐料。

我雄壮的理想成为讪笑的主题。

我痛苦的诉说变成格言警句，被引用成幽默小品。

而我火热的友情啊！被你们当成了耳边风，无法在你们心里搅起一丝波澜。

你们，自命天之骄子，以白色校徽为标志，以西装革履为象征，以似懂非懂的新词汇为资本，到处爆炸，遍地开花，故作惊人之语，强为天生狂态。

你们，整天东游西逛，无所事事，丧失对太阳的热情，跳舞、打架、赌钱……无所不能！

你们作深刻状，作忧郁状，在窗前静坐十分钟，在教室里仰头看天花板。

你们，在电车上旁若无人，大声喧哗！

你们，在大街上勾肩搭背，谈笑风生！

舞场上有你们，如鱼得水，舞姿翩翩，风度超群。

讲坛上有你们，旁征博引，出言不凡，四座皆惊。

有人叹为观止了！有人自愧不如了！

只有我，用第三只眼看透这一切，揭下你们美丽的伪装！

你们是干枯的躯体；掀起你们英俊的面具，阵阵恶臭袭击人群。

没有人比我更痛恨你们的了！

没有人比我更理解你们的了！

你们的额头，始终飘浮一片疑云。你们的心里，已经起了锈斑。

你们自己欺骗自己。你们永远不肯承认，你们永远地死不改悔。你们是一条可怜巴巴的瘦狗，自我欣赏，摇头晃尾，得意洋洋，如此落魄，却作乐寻欢。

你们把烟当情人，把酒当伙伴，把整个岁月泡在咖啡馆里。

你们如水的柔情，成为烟云。

你们多情的时光，不过是记忆。

你们残存的精神，甚至不够你们残喘延年。

你们可恶的神态，偶尔使人误解。你们酸溜溜的表情，也会吸引刚刚涉世的少女的目光。

你们过剩的精力，发泄在大街小巷的角落里，一支烟默默地等待燃烧。

你们深更半夜爬起来，顺便跳上一辆电车，把自己托付给不可知的宿命，不管遥遥驶往是哪一站。

你们推着自行车，一把吉他，毫无目的地走向原野，哼着小调。

你们在马路边寻求爱，你们在霓虹灯下落落寡合，你们在沙龙里高谈阔论，你们在客厅里吐雾吞云。

你们瑟瑟缩缩，在秋风中熬到天亮。

你们无所作为，徒然地大声疾呼。

多少人对你们又爱又恨，又羡慕又厌恶，而我歌颂你们又诅咒你们。

鄙视你们又理解你们。

最令人气愤的是，我不幸也是你们中的一员！

孤　独

秋天最后一个早晨。

大地白茫茫，只剩下最后几棵光秃秀的树坚持着。

天空也一片白茫茫，泪渍未干的云飘然而去。地上的黄叶全浸泡在雨水里。

原野无边无际……

一棵最古老的老树下，站着一个少年，他徘徊、沉思。

他与喧喧嚷嚷的尘世毫无相干。

这是中国大地上最后一位天才了！

先生，你的大胡子

黑髯飘飘，先生，你的精神凝聚在那一部胡子上，根根立起，愤怒的时候，竖起如刀如剑如匕首，闲适的时候，一缕缕分开，在风中飘散。孩子们戏耍着你的大胡子，在其间追逐着、打闹着。你的胡子如草从，是他们自由的天地，也是培育他们的土壤。他们在你的胡子里成长起来了。

先生，你点烟的时候，烟雾从胡子里冒出来，一下子弥漫了整个中国大陆。

先生，你的胡子对我是一个老大的诱惑，我只担心自己陷进去了再也拔不出来。先生，我远远地看着你，你睿智的目光让我倾倒，但我至今不敢走上前去亲近，怕失掉我自己。

你过于坚硬，而我又过于懦弱，先生。

被遗忘了的英雄

被人遗忘了的英雄，他们孤独、寂寞，在大街上漫游，在人群里行走，找不到一个认识他们的人，找不到一张熟悉的面孔。他们找上了我。

英雄，你不用忧伤，我会用香烟祭奠你。我静静地坐在那儿，听你的灵魂对我诉说。你的眼神早已失去了当年的光辉，只有你的声音仍然低沉、平稳，充满固执，时断时续地诉说着。我在雨天倾听你单调的声音，你从天空来，从雨里来，随风而来。我在深夜也不曾睡去，拥着被子听你沉稳的诉说。我去山里，你也跟来，我去海上，你也尾随而来。因为别人不理睬你，蔑视你，只有我愿与你亲近，你也解除了我的沉闷无聊。

常常，书本摊开在桌子上，寒冷的冬夜我一个人关在屋子里，一根接着一根地抽烟。我看着你从书本里走出来，坐到我的炕头。你低着头，抚摸着自己高贵的前额。低低地，你用深沉的声音对我诉说着，你如何纵横南北，如何叱咤风云，还有你最初的爱情，你那些肝胆相照的朋友。你撸起袖子，裸露出手臂上的累累伤痕，娓娓诉说你辉煌的过去、你的业绩，愤怒地斥责人们忘恩负义。他们冷落了你，淡忘了你，只有我才是你的知音。你那曾经搏动得很快的生命的节奏感染着我，在我的骨子里沉淀下来，在我的血管里汩汩流动。你离去的时候，我的烟蒂落满了一地。

被人遗忘了的英雄，你的灵魂，仅仅依附在这么一本发黄的书上吗？

走入人群

在所有关于城市的传奇里，最富有传奇色彩的是：人群。

城市是人群麇集的地方，人群构成了城市。人群也是城市中衍生故事与蕴蓄传说的地方。

我喜爱人群。

作为一个流浪者，我去过很多的地方，山川与大海，乡村与城镇，但我最喜爱的还是人群。在人群里我才感到温暖，生活的意义。我觉得我是在人群里长大的，人群培养了我，熏陶了我，衬托了我。

是的，欢笑与激情来自人群。人们用笑声表达自己的快乐，用歌唱与舞蹈宣泄自己的热烈。每一次人们的聚会都会变成一个盛大的节日，人们真诚地欢呼，共同祝福生活更加美好。于是，彩球飘扬，红旗招展，热情与喜悦，疯狂地挥洒，欢歌笑语到处飞扬。这时，我也会激动起来，泪水盈眶，心中充满骄傲与自豪，为幸福的人群而迷醉，而狂喜。

骚动与混乱也来自人群，总会有一些人，一些起哄者、捣蛋鬼、别有用心者在人群里散布谣言，制造陷阱，煽风点火，令人们恐慌、忧虑，以至盲目出击，好达到他们阴暗的目的。犯罪与丑恶有时也来自人群，总会有胡作非为者，总会有心怀不满者。因此，我只能大声呼吁，人们啊，你们要警惕！

但人群总是如此令人着迷，为它担忧。不要说笑声，笑声在人群中爆发，就像波浪一样荡漾开去，成千上万的人，成千上万的笑的海洋，那么富有感染力的笑声。不要说爱情，走在人群里，你自然而然地会感受到爱情。是的，阳光明媚，天气晴朗，男人个个气宇轩昂，风度翩翩，女人个个青春美丽，气质不凡。你会看见一张张姣美的面孔从眼前掠过，那些花一般的面孔，娇嫩的、鲜艳的少女的面孔。你会自然而然地爱上她们，不由自主地陷入爱情。你的胸中洋溢着美好的感情。

是的，不要说这些这么美丽的东西，让我们来谈论另一种感觉——孤独！

走在人群里你也会感到孤独。是的，有时人群里充斥着俗气平庸，充斥着“天下熙熙，皆为利来，天下攘攘，皆为利往”。在俗世中，人倍感孤独。因为你自认是一个清醒者，一个心地纯洁的人，不愿完全淹没于人群之中，迷失自我，同流合污。你徘徊、彷徨，不知如何是好。但你又不可能离开人群，是的，没有人能够真正地脱离人群，就像没有人愿意一个人去荒凉的月球上安家落户一样。因为人是一种群居动物，没有人的介入与点缀，再美丽的风景也只是一座山、一摊水一样，如同鲜花没有芳香，小溪没有清音。没有情趣与异彩就失去了生命力与意义。

但你又不愿就此沉沦，虚度人生，那么，你又常常是这样一种形象：我常坐在自己的房间里，从窗口望去，人潮如海，人海如潮。我看见她长发飘逸、神采飞扬，她亭亭玉立，与众不同。她茕茕孑立，出类拔萃。她站在人群中，如同鹤立鸡群。我远远地望过去，一眼就辨认出了她，她气质高雅，令人倾慕。这样的人，正是我喜爱的人，伊人可望而不可即。这样的人，也正是我渴望成为的人，高洁的精神与潇洒出尘的个性，正是不同凡俗的人格与独特的价值。

深入人群，而不沦落于人群之中，居于闹市，而不丧失在庸庸碌碌之所，这正是我的愿望与追求。

人群，你总是如此充满诱惑，而又让我踟蹰不前。

雨

雨亦使人狂乱。我知道大部分人对我这句话不以为然，我本人却深有感触。

日本是一个凄迷多雨的国家。蒙蒙烟雨照例说能使人心境平静安宁，但长久不断的绵绵烟雨却令人郁闷。压抑之后是宣泄，所以易有狂放激烈之举。日本多武士道，疯狂之至，几不可解。而中国近代志士仁人与日本有关者，也多个性峥嵘，如蹈海酬国的陈天华，壮怀激烈的侠女秋瑾，还有以一己之力对抗深重黑暗的鲁迅，其原因殊不可解，或可归于雨。

但激烈的反面是萎靡，多雨亦令人内心颓废。江南一带多雨，才有士子沉湎于灯红酒绿，借以浇愁解闷，终至风流成性，自误以终。

多雨造成平顺人生的脱轨，亦造成人生的精彩纷呈。生命之秘密悉藏于此，怪哉！

恋爱时序

四月，准备足够的泪水和爱情。

让我们在初春等待、积蓄，幻想她的模样和你的姿态。

让热情在二月如泉涌出，点点滴滴渗透。

让她和我在三月邂逅，美丽的季节，你我都风度翩翩，光彩照人，让我们一见钟情。在四月我们情意绵绵，相亲相爱，有足够的泪水滋润爱情，有足够的土壤培植爱情。让我们走出户外，有偌大的天地供我们游戏，我们天真纯洁，一片衷心。然后让五月的阳光倾泻下来，爱情的拔节声在夜深人静时吱吱作响，在清晨噼啪作响。于是六月间我们心心相印，两个人相处心满意足，在寂静的森林里我们听见一种爱情的声响，天空晴朗，白云点缀，偶尔的几片阴云也倏忽消散。七月你们日渐成熟，爱情冒出花瓣，芬芳四溢，翠绿的叶片硕大无比。八月让她已舍不得与你分离片刻，于是你们携手去漫游青山，你们携一叶扁舟遨游大海，携一朵白云去一切有风景的地方，去一切有益于爱情发展的地方，去培育健康的激情。一身晒得黝黑光滑，像两条年轻的小鱼游进不知深浅的人世，让你们去体验，去适应，去自然地成长。然后在九月明净的日子里，让她对你倾诉，让你对她倾诉，让你们互相倾诉。你们吟诗，因为你们的生活本身就是一首诗。你们乘四驾马车，你们坐敞篷汽车，与维特交谈，和巴特莱夫妇聊天，怜悯着贾宝玉、林黛玉的爱情悲剧，为孟姜女而叹息。你们像两只羽翼渐丰的小鸟在爱情的王国翱翔，然后飞向叵测的十月。十月的风云多变幻，风雨中你们安然而处，端坐小房中，秋气始终被拒之于你们的领地之外。寂寞的感觉只在黄昏时悄悄而来又悄悄而去。猜忌像一只猫徘徊在门外，但不敢进来。而爱情的边缘地带，许多吞噬爱情的野兽窥视着，却寻不到空隙。疫病流行、寒冷流行。孤独感时髦地在人群中风行，每一张脸上都可找到痕迹。但你们坚守堡垒，安渡难关。轻轻一抹，哪怕一点灰尘也绝难见到。十一月你们忙于置办婚礼，把新娘打扮得唇红齿皓，一身温柔，把新郎修饰得英俊潇洒，一表人才。把玻璃窗擦得锃亮，喜气洋洋。把一碟碟菜端上来，热气腾腾芳香扑鼻。把你们送进洞房，把你们送上蜜月的特快车，然后你在她身上播下种子，最后她在某个时候怀孕，让她在某个时候坐胎，让她在某个时候生下你们的结晶体，然后进入另一个时序。

于是生命循环往复，一切重新开始。

“为谁独立凉风中？”

看到这句话，我们当然可以联想到许多的片段。譬如，月明风清之时，你站在桥上看风景，看风景的人在远处看你；霜白露凉的早晨，站在路旁的树下，向来路眺望的少女；或许，还有青青草地，翠微山坡上，正是阳光明媚，而戴草帽的女孩，不经意地向身后瞥上一眼……我们当然还可以引申揣测很多。

遥远的日子、青春、旧时的情人，这些都无法永远地从我们心中抹去。一旦有机会，就会唤起逝去的岁月，令流水返转，光阴颠倒。不过，在我的记忆里，最动人的故事正与这句诗有关：“为谁独立凉风中？”

那时，我还只是朦胧的年龄，与众多青年一样，情愫当然已经萌生。她是一位很美丽当然也略带点傲气的少女。当得知我要转去另外一个地方的时候，她送给我一张明信片，上面一句话也没有写。那是一幅油画：俄罗斯少女坐在一辆马车上，矜持、艳丽，身旁的座位空着。她满怀期待地问我：“你知道这幅画是什么意思吗？”我毫不犹豫地回答：“这画上是位贵族女子，她衣着华丽，她冷漠的嘴角似乎在暗示着什么。”说完，我就不经意地将明信片收好，并向她表示感谢。她眼睛里的光彩黯淡了，幽幽地叹了口气。不过，临别时，她还是很友好地打趣了一下：“你呀，还是很大男子气。”

若干年后，当我读到这一句诗“为谁独立凉风中？”时，我的脑海里立刻闪过那年的一幕，为谁而立？那油画上的少女虚位以待，并不立刻驱策马儿，她在等待谁？

我知道自己错过了可能是生命中一些最珍贵的东西。粗心的男子，总是谨小慎微的少女，他们曾酿过多少永不可挽回的遗憾哟！

“为谁独立凉风中？”这样的诗句总是引起我们无限惆怅。

散文诗

我每天的散步，迷恋的仅仅是散步本身，这里面蕴含着诗意。

这一过程中点缀着鸟语、花香以及春草丛中的一泓溪水，纠缠于其间的，是人和事。

我沉浸在一个人走在人海里的境界。

我喜欢男人英俊潇洒、风度翩翩，女人漂亮温柔、千娇百媚。我衷心祝福他们相亲相爱，白头偕老。

我孤高自许，以梅为妻，以鹤为子。

我以茶和酒支撑自身，以书法和诗词修身养性。我以散文的步伐去散步，这本身就含着诗意，这就是散文诗。

风声鹤唳

我曾写过一篇名为《风声》的散文，将风誉为一种美好的意象。于是有人告诉我一个贬义词：风声鹤唳，形容人紧张敏感到极点的程度。但我们要是抛开原来特定的含义来看，风声鹤唳，其实是一种多么妙不可言的境界，点明一个人对生活可以抱有怎样的一种敏感和细腻，连风声、鹤唳这样平常普遍的风景，也被视为一件了不得的大事，一项重大的发现与遭遇，一起罕见的行动与事件。这样的人，在当代这样举世皆醉、世人皆麻木而冷漠的时代，是十分难得的，至少表明他对生活有一种体察与迷恋，我们可以数得出来的只有卡夫卡等仅有的几个。你或许可以讥讽他们为神经质，过于敏感，甚或荒唐。但他们毕竟还能与大自然息息相通，可以感受并热爱、欣赏、品味一切细腻微妙之处。这不正是人生难得的一种意境？

原　野

梭罗说，一片没有野兔出没的原野是不能称其为原野的，又指出，一片连野兔也养不活的原野肯定是贫瘠的。

确乎如此，野兔这类小禽小兽，是大自然的产物，是原野上与生俱来的存在物。没有了它们，原野也就失去了生机、活力，不能称其为我们原始意义上的那种原野了。还是在物质化潮流刚刚兴起的时候，梭罗就意识到原野可能彻底消失的危险性，预见了一无所有的原野的那种荒凉、贫乏。因此，他写下了大量关于原野的文字，其中最精彩的就是那些关于野兔自由自在地生长在原野上的篇章。

但野兔与原野亲密无间的印象，正从我们的生活里日益退去。原野上的野兔确实越来越少了，那种精灵正逐渐成了传说。人们用人造草皮取代天生的灌木杂草，矫揉造作的栽培物取代了野生林，甚至原野本身也退化成了所谓的开发区，完全从我们的视野中消失了，代之而起的是高楼大厦、广场车站和滚滚人流。原野成了文学里的抽象名词，更遑论其中的野兔了。

野兔是什么？现在还有哪个孩子可以夸口说他认识多少这类小动物？还有哪个孩子知道鸟雀巢居于屋檐是怎么回事，体验过在野地邂逅一只斑鸠或狐狸是怎样的心情，或者，身边满是白的红的野花是怎样的欣喜？以前，这类东西遍地皆是，我们置身其中却不知珍惜，导致今天我们只有在动物园或书本上才可勉强辨认出它们。

我们曾经相依为伴的很多的自然生物如今都不见了，只存在于童话、电视、卡通片和书里。我不知道我们将来如何向孩子们解释清楚野兔是怎样的一种精灵般的动物：它敏捷、活泼、善良，与人为伴。它的消失，将使我们的心灵永远蒙受耻辱。

十月形象

天空很高云很淡，最后的蝉鸣喧响在林子里。从第一片树叶开始，所有的风在夜里悄悄地来，被读成秋声。这就是十月，我刚刚走进十月。

十月里，我已换了一种形象，不再大喊大叫，盲目冲动，在焦虑与兴奋中不安地度过。我通常的派头是：一身浅灰的宽松的打扮，走在林荫小道上，夹着两本英文书或诗集。我喜爱散步，那是随时可捡拾一两颗野果子或几句成熟的诗词的细小欢乐。我噩梦般的急躁也化作悠远的轻轻一笑。我潇洒，显得高傲，并且经常深思熟虑的样子，还装作不动声色地打量人。

这已是十月。我不想告诉你，过去我为什么会变得如此孤傲，深沉，胸有成竹，我不想说，也不用说，也说不出来。

风　声

“风声、雨声、读书声”，这三句话实际上概括了我全部的生活内容。

我在纸上写下这三句话后，熄了台灯，静静地坐在阳台上。月光正流泻在大地上，乳白色的月光，倾泻在我的脸上。我看不见自己的脸部表情，但我相信，那表情一定是虔诚宁静的，正默默地承受着上天的赐予。月光照耀着我，照耀着每一个人。

我坐在月光里，静静地倾听着。我没有说一句话，默默地看着阳台上那些在月光下颜色难辨的花。她们独自地摇摆着，跳着一种人不能知的有节奏的舞蹈。一缕一缕芬芳，也送到了我的鼻子底下，沁人心肺。我享受着这一切，俨然一位君主，享受着如此美妙的一切。我轻轻地叹息着，看着、闻着这一切，心满意足。

我听到一种轻微细腻的窸窣声，那是纸被翻动的声音。风轻轻抚过我的那些纸，那些写满诗句的纸。风是懂得那些诗的，它在翻阅着，欣赏着。我对那些心血之作充满感情，那毕竟是我无数个昼夜推敲而成的。

我生活中最幸福的时刻，就是在灯下抄写一行又一行的字、词。它们听凭我的调遣，整齐地排列，在我的操作下一个个地复活了。“水”成了有声音的流动，而“鸟”成了能飞翔的动物，还有“原野”，宽广无垠地展现在眼前……这些都是有生命、有意味的。我熟悉并喜爱它们。

这时，我脸上有了一种奇怪的感觉。我的脸小心翼翼地轻痒着，头发也开始分散开。我的耳朵立刻竖了起来，圆润的耳廓里灌满了一种时而喧哗时而轻微的声音，我知道，那就是风声了。这大自然的呼吸，天籁之声。

我立刻变成了一个感觉异常敏锐的人，我的耳朵听到了风声，我的鼻子闻到了大自然的气息，那种夹杂着田野的泥土的芳香、青草与花的芬芳的气息。我的眼睛里有月色下跳动摇摆的小花，有黑夜里森森的楼宇、静立着的小山坡。

我变成了一个感觉异常敏锐、精神异常丰富的人。

我终于懂得了生活的全部乐趣。我要感谢上天，让我真正听懂了风声。

是的，很久没有这样倾听风声了。这些年来，为名为利，忙忙碌碌，到处奔波。结果呢，换来的只是可怜的一点虚荣与满身的疲惫，再也没有了空闲与情趣，来与大自然亲近接触，陷进钱堆里，再也感受不到生活的乐趣。

我终于醒悟了，平凡但能听到风声也是好的。尽管我微不足道，人生平庸琐碎，有时候枯燥得不能忍受，但我毕竟还听得到风声，还能从细微平常之中感受美妙之处，还没有完全麻木，变成一个机器人。

我要说，听到风声真好！

月光吟

月光是一种能伤人的锐利的东西，譬如剑，专刺人多愁善感的部位，血流一地，流成一片银白。

月光像一枚冰冷的玉坠，曾经是祖母悬挂在我们童年上的纪念，如今丢在窗口，叮当作响，捡不起又放不下。

月光是一只蝴蝶，扇动着翅膀飞进五彩斑斓的梦里。睁开眼睛，它却扑棱扑棱地飞走了，只剩下空荡荡的孤独。

月光，有时像一个创伤，已经痊愈的伤口，却忘不了时时提醒你生命中那些黑暗的时刻。

月光，是小时候听说过的那个传说，永远地烙在人的脑海里，烙在人生的天空。

月光，像凭虚构建造的那座宫殿，虚构起一个梦想的内心殿堂。

窗里的人

有一段时间，我住在一座临街的小阁楼上，每日，窗外人声鼎沸。这里是闹市里的闹市。车流、人流、喇叭声，各种喧哗搅和成一种闹哄哄的场面。

因此，我很少下楼。

我最多在黄昏的时候，向窗外眺望一下。我只是下意识地向外面看一眼，也不知道自己究竟在看什么。

经常性的动作形成了一种习惯。我现在记得很清楚，以至偶有人来，我在说话的间隙，也朝窗外望去。别人误以为我在等什么人。其实我无人可等，也没有任何确切的东西去看，似乎是为了调换一下视觉。

现在想起来，我伫立在那里真像是一个旧时代的人物。窗外市声繁华热闹，而我独自闭门在家，手里有一本书，桌上摊开纸与笔，有时候无意识地站起来，向窗外望去。

后记

百年新诗，其命维新

李少君 吴投文

吴投文：你在初中时就开始写诗了，初一时写的散文诗《蒲公英》就发在了《小溪流》上面。考上武大后，你写了不少散文诗，一些散文诗在《大学生》《湖南文学》等刊物发表，被《青年文摘》等报刊转载，在当时的大学生里很有些影响，到现在还有人记得。你现在好像不写散文诗了，当时为什么这样执着写散文诗呢？

李少君：我最早开始写的是散文诗。其实我很小的时候，主要读唐诗宋词，《唐诗三百首》《千家诗》有段时间倒背如流。后来，又因为机缘，喜欢上泰戈尔的《飞鸟集》，还有何其芳的《画梦录》、丽尼的《鹰之歌》，后来，又喜欢上鲁迅的《野草》、波德莱尔的《恶之花》《巴黎的忧郁》，受他们影响，觉得散文诗这种形式很好。差不多到中学毕业，才因为读了老木的《新诗潮诗集》，迷上了现代诗。我初中一年级时就写了一首散文诗《蒲公英》，算是我的第一首诗。那是出于一种少年的淡淡的忧伤。我的故乡在湖南的湘乡，风物优美，抬头看得见东台山，裸足走过涟水河。记得当时是在一个山坡上，看到了蒲公英四处飘散，我就想它们最终会落脚何处呢。回去后就把这种感受记录了下来，写得简单，但里面有某种单纯的伤感的东西。后来，这首散文诗在长沙的《小溪流》杂志发表，打动了一些人，还获了奖，让我和叶君健等老先生在衡山开过笔会。

这首散文诗仿佛是一种冥冥之中的暗示，也是一个预兆，后来我也远离故乡，在海南岛扎下根来。我读大学后，写诗有过一个爆发期，青春的冲动时期吧，写得比较好的还是散文诗，《中国的月》《中国的秋》《中国的爱情》系列在《大学生》《湖南文学》等发表，《青年文摘》等转载过，在当时的大学生里很有些影响，现在还有人记得。当时的华中工学院，就是后来的华中科技大学，举办了一次全国性的大型文学展览，还把我的一首散文诗登在了"世界著名诗歌"的展板上。我1994年出的第一本书《岛》，就是我的散文诗的结集，主要是大学期间写的散文诗，也包括后来参加工作写的一些诗。这本书是张承志写的序，他可能对我寄予很大的希望吧。当时张承志比较认可我，大概觉得我比较热血，或者说有理想。早年对散文诗有一种痴迷，这开启了我的文学之路。

吴投文：散文诗在新诗研究中似乎比较边缘化，往往被研究者忽略。我总觉得散文诗这一概念显得很勉强，在文学史研究中似乎也没有独立的价值，可能归为散文更为合适。这只是我个人的想法而已，不知你是否认同？从你的写作经验来看，你觉得散文诗与"正规"的分行诗在文体上有什么差异没有？

李少君：不管是散文诗还是分行的新诗，共同的特点是要有诗情、诗意，没有诗情、诗意就不能称为诗歌。诗意是诗歌的本质特点，分行也好，不分行也好，有了诗意，就具有了诗歌的特点。毫无疑问，散文诗也是诗歌，不是散文。不过，在中国的古代文学传统中，并没有散文诗这个概念，散文诗是在新诗诞生之后才出现的一种文体，可以称之为新诗的一种"亚文体"。这一"亚文体"是对新诗的文体的一种拓展和丰富，同属于新诗“大家族”。所以，我不认为把散文诗“归为散文更为合适”，在文学史研究中也具有独立的价值。相对来说，散文诗兼具散文的优点，在形式上看不分行，看起来像散文，但其内核却是诗意。实际上，散文诗有众多读者，作为一种文体的影响力也很大。

吴投文：武汉大学有深厚的文学传统，你在武大新闻系读书时，正是武大校园诗歌写作最活跃的一个时期，也正是 20 世纪 80 年代大学生诗歌运动如火如荼的一个时期。因武汉大学坐落于美丽的珞珈山，当时武大的一些学生诗人自称“珞珈诗派”，你是其中的一位重要发起者和活跃分子。2017 年 11 月 19 日，在你和余仲廉、吴根友、王新才、涂险峰等人的推动下，“武汉珞珈诗派研究会”在武大珞珈山庄成立并举行了第一次代表大会。我也参加了这次会议，见证了几代“珞珈诗派”诗人共聚一堂的情景。请你回顾一下“珞珈诗派”发起时的情形。相对于其他高校的大学生诗歌写作，“珞珈诗派”有什么独特性没有？

李少君：我是 1985 年考入武大新闻系的，那正是文学非常活跃的一个时期，文学甚至在社会生活中占据了中心位置。武汉 1980 年代是全国的文化中心之一，哲学、艺术、文学等等都出了不少人。全国各地来这里交流、访问的人也很多，表现之一是那时讲座特别多，而且很开放，讲什么的都有，我听过很多。武汉大学是 1980 年代高等教育改革的典范，校长刘道玉是一位教育改革家，现在大学里常设的学分制、插班生制、转系制度等等，在内地都是从他开始的。后来学校还鼓励本科生、研究生自己开讲座，我就是比较早讲的，好像是全校第二个吧，是学生会组织的。我讲的是“第三代”诗歌，还很轰动，教室里挤得水泄不通，我们班上也有不少同学去听。那时的文学盛况可见一斑，至少半数以上的大学生都写诗，大家有一种亢奋的文学激情。

当时很多人对什么是“第三代”还不了解。全国各地的诗人来武大也比较多。武大本身的诗歌氛围就很好，前面有高伐林、王家新等诗人，陈应松、林白他们以前也是写诗的，后来才写小说。武大很早就有个“樱花诗会”，一直延续到现在，影响很大。当时一些老诗人像曾卓他们每年都来。到了我们八五级，我和中文系的洪烛、陈勇、张静，新闻系的孔令军、黄斌，法律系的单子杰等又发起了一个“珞珈诗派”，理论上主要是我写文章，点子也是我出得多。“珞珈诗派”并不是一个文学社团，而是把武大校内各个文学社里写诗的人集结到了一起，当时就颇有一些声势，初步显露出了“校域性”诗派的特征。《武汉大学报》当时的编辑张海东老师是一个有诗歌情怀的人，对武大校园诗歌的推动倾注了很大热情。我至今记忆犹新，1988 年《武汉大学报》曾连续五期以五个整版连载了我的诗歌评论。当时很多老师都知道我，说你就是李少君啊！当时的《武汉大学报》是一张对开的小报，没有现在的报纸那么大，此后还陆续推出了其他几位武大校园诗人的专版。珞珈诗派的出现与武大当时开放的校园文化环境有关，也与当时文学的整体活跃程度有关。

吴投文：你大学毕业后，去海南当了记者，后来很长一段时间都做媒体工作。我注意到，当时的武大毕业生很多都去了北京、上海、广州这些大都市，也有不少留在了武汉工作。你的选择在当时好像有点特殊。当时为什么选择去海南工作可否谈谈？

李少君：其实，我学新闻跟我的文学理想是有关系的，因为我一直认可一句话：读万卷书，走万里路。“读万卷书”靠自己，但是“走万里路”要有客观条件。20世纪80年代能走“万里路”的只有记者，不像现在大家有点钱想去哪儿就去哪儿，交朋友也很方便。那个时候你出去一趟需要很大的开支，特别是去更远的地方，对一般人来说就是一件很大的事。所以当时我就想，要搞文学就要先走“万里路”，就要当记者，就要去新闻系。当时新闻系的考分是比较高的，别的学校我不知道，武汉大学新闻系的考分是全校第二，在当时仅次于国际金融专业，中文系的考分相对还是低的。当时我选择新闻系，我的考分是没有问题的，当时我比武大中文系湖南学生的考分都要高一些。学新闻就是出于读万卷书，走万里路，这么一个想法。

我最早的想法不是去海南。我在大学的时候写过一篇散文《到西部去》，当时我想去像新疆那样的地方，觉得比较浪漫，有种理想主义的东西鼓动我。80年代有一批大学生去西藏，像马原就是，也有一批去新疆的。当时我想去新疆。到我快要毕业的时候，就传海南要建省，觉得去海南更好。为什么海南更好？第一，它也是一个很远的远方，有一种很独特的景象。第二，符合当时的时代潮流，寻找自我价值。海南建省时出现了一个“十万人才下海南”的潮流，很多人想去海南。第三，我是一个有冒险精神、创业精神的人，觉得去海南更合适，海南不是一穷二白嘛，正好画最美最好的图画。大学期间，我在北京待了两个月，在广州也待了一个多月，也去过别的一些城市。客观地讲，当时的北京、广州不像现在这么热门。

现在很多资源集中在了这些特大城市，但是80年代的时候，这些资源还是比较分散的，跟现在的状况是不一样的。现在很多人就觉得去这些热门城市是第一选择，但那个时候真不是这样的，当时选择还是比较多的。海南代表了那个时代的潮流，那时正是计划经济向市场经济转变的阶段。现在的人有点难以理解这个，但那个时候你敢去海南，去深圳，需要一点勇气和冒险精神。我觉得去海南，更符合我这种人，我是一个喜欢独自创造一片天地的人，就选择去了海南。

吴投文：你去海南，当时家里人反对吗？

李少君：这不用说，我去海南是不顾一切去的，当时家里很反对。当时海南的《海南农垦报》到我们学校要人，我也报名了。我觉得既然已经选择了那个地方，去什么单位无所谓。农垦在海南很特殊，是海南最大的国营单位，海南四分之一的人口、六分之一的土地都是属于这个地方管。海南在历史上是广东的一个行政区，当时叫“地区”，当时农垦的地位比“地区”还高。选择去海南，符合我浪漫、冒险、喜欢自我创业的特点。到海南后，我有同学到了《海南农垦报》，我去了《海南日报》。

吴投文：当时是不是还怀有一种文学梦呢？

李少君：还不仅仅是一种文学梦。1980年代整个的风气，是自我寻找、自我发现、自我实现，按现在的说法，带有个人英雄主义色彩。当然，文学也是包含在里面的。在那个风气下，当时去海南的人还是挺多的，我们班就有三个，另外两个也去了农垦。后来他们都离开了，又回到了湖北。当时海南的条件真是太差了，六个人一间宿舍，跟大学差不多。我们去的时候海南才刚刚有红绿灯，以前都没有红绿灯，可见当时海南的生活艰苦。我是比较执着的人，不太在意生活的艰苦。我最初做夜班校对，后来把我搞到一个最偏的记者站去了。我虽然心里也有点不高兴，但也还可以随遇而安，自得其乐。因为我的想法是体验生活，走万里路，读万卷书，对外在的条件也不是特别在意，就这样在海南待下来了。后来，《海南日报》办了一个《特区周末》。当时《南方周末》有一定的名气。海南当时作为一个改革开放的前沿，觉得广州既然能办《南方周末》，我们就可以办《特区周末》。《特区周末》不是一份单独的报纸，是《海南日报》周末版。我作为筹备人员被选到了《特区周末》。但是《特区周末》没怎么办出影响，开始是每周四个版。负责的那个同志慢慢地对这个事情没什么兴趣了，就搞证券报去了，后来《特区周末》就停了。

在海南待下来之后，我经历了海南的大起大落。1992 年、1993 年是海南最辉煌的时候。辉煌到什么程度呢？我用一个数字你可能就能理解了，当时海南的房价最高已经达到每平米一万元，而当时北京、上海的房价是每平米一千元，可见海南当时的疯狂。海南有一个南洋大厦，是渣打银行建的，当时就卖到了每平米一万元。当时，我在《海南日报》的工资差不多已经有一个月两千元，一个上海电视台记者的工资是一百多块钱。现在来看，很多年轻人就觉得海南不怎么行，你怎么会去呢？我通过这两个数字就是想让大家体会一下当时海南是一个什么地位，那不是现在大家想象中的海南。当时，我有很多朋友做生意做得很好。比如，我一个同学本来是投靠我的，住在我那里，结果过了一两个礼拜，他就搬出去了，自己租房。再过一个礼拜，他就有办公室了，再过一个礼拜，就租了一栋楼，再过一个礼拜，就买了一辆车。当时海南有的人在很短的时间里，就变得极其富有。但我没有去参与这些事，我的兴趣还是在文学，还是在文化领域。就在前段时间，我见到了海南省原来的省委常委、宣传部部长周文彰，他刚刚当选为中华诗词学会的会长。我一到海南我们两个就认识了，他 1990 年就到了海南，我 1990 年在《海南日报》当记者。我当时采访过他，见证了他从一位学者变成一个官员再变成一个领导的过程。他说，在我认识的人里面，也只有你一直坚守在文化领域，坚持文学理想。正因为你这样的坚持，所以你走到了《诗刊》。

吴投文：周文彰当时在海南做什么工作？

李少君：当时他从中国人民大学博士毕业，到了海南的一个社会发展研究中心。我们俩可以互相作证，我认识的人里面，也只有他一直坚持到最后，现在成了中华诗词学会的会长。我俩当时有很多共同的朋友，都是文学界、文化界的人，但很多人中间就离开了这个岗位。韩少功、蒋子丹是例外。韩少功他们去海南的时候已经很有名了。我和周文彰先生的情况相似，我俩刚去的时候是想打天下的，赤手空拳。

吴投文：你有很长一段时间担任大型文化刊物《天涯》杂志的主编，这在你的工作经历中可能是一种特别的体验。海南偏居一隅，并不在文化中心，《天涯》却在全国产生了巨大影响，尤其是知识分子特别喜欢这个刊物。《天涯》刊登了很多有深度、很专业的文章，也发表文学作品，其中也包括少量诗歌。《天涯》杂志在你任主编期间，对选择发表的文学作品有什么特别的考量没有？

李少君：《天涯》是由韩少功领头创办的，一开始就办得很成功，一个很重要的原因是他把他们那一代最优秀的人集中到了《天涯》。他们那代人真正产生全国性的影响是跟“人文精神大讨论”有关的，大都是“人文精神大讨论”的发起者和主要参与者。实际上，这些人主要属于知青一代，有陈思和、王晓明、黄平、戴锦华、汪晖、张承志、韩少功、张炜、史铁生等人。《天涯》一开始产生影响，其实成了知青一代的一个主要展示平台，到了后来，慢慢地变成了一个全国性的思想文化讨论的大舞台。说到文学这块，《天涯》当时在文学界是一个新的杂志，虽然有一定的影响，但思想文化是主导，文学方面并不突出。当时著名的作家给《天涯》稿子的时候，按我们的分析，不会给最好的稿子，他们会把最好的稿子给《人民文学》《收获》《上海文学》这样的杂志。《上海文学》在当时也很有影响力。后来，我们就在文学板块力推新人，这样奠定了《天涯》在文学界的影响。现在回过头来看，我们推出的新人都是非常优秀的，举几个例子，比如刘亮程、艾伟、葛亮等人，他们早期的代表作都是发在了《天涯》上。《天涯》也推出了更年轻的一代，像打工作家王十月，青年学者杨庆祥，青年作家徐则臣，青年诗人雷平阳、江非等人，包括后来肖江虹、朱山坡、张楚、黄灯等等。我们这个文学板块主要面向年轻人，对有名的作家反而更严格。有的著名作家主动投稿子来，如果达不到我们的质量要求，我们还会退稿。记得当时残雪就抱怨《天涯》退过她的稿了，其实那时残雪的名气已经很大了，但我们觉得残雪投的稿子不是她最好的，就没采用。《天涯》在这方面是做得非常有力的。

《天涯》发表诗歌不多，基本上都是我这一代人的诗歌。当时我主持这个栏目，第一次重点推的几个诗人，陈先发排在第一，然后是杨键、伊沙、侯马、宋晓贤等，更年轻的也有，像凌越。当时我们推出新人的意识很浓，为有创作潜力的新人铺路，要求也非常严格。现在散文界比较活跃的作家，基本上都与《天涯》的推荐有关。当时，江西青年作家的散文很优秀，我们就给江西的青年散文家做了专辑，包括李晓君、江子、傅菲、范晓波、陈蔚文等等。为什么现在那么多人说起《天涯》非常感激，这与当时《天涯》的力推有一定关系。他们当时是年轻一代的作家，还需要扶持推荐，现在已经成了文坛中流砥柱的一代。

吴投文：你被称为“自然诗人”，尽管这个称号可能并不完全合适，会对你的整体创作形成某种遮蔽，但也概括了你诗歌创作的基本主题和艺术追求。从你的诗歌来看，你对自然怀着一种全身心投入的迷恋，往往从自然中体味出人生诗意，抒发人生的独特感受。你长期在海南生活工作，那里环境优美、空气清新、植物繁茂。你看待自然的眼光和创作风格的形成，是否受到了你在海南的生活环境的影响？

李少君：在海南生活过的人都知道，海南就是一座大花园，一座大植物园，即使生活在城市里，比如海口、三亚，也像藏身在一片林了里，到处都是花草树木。从我们家的阳台或窗口看出去，经常看不到什么人，只有郁郁葱葱的树叶，以致海口有些小区出现偷盗，派出所的解释是树木太多，好藏身。所以，我写自然，其实也是一种现实。我就生活在这样的现实中，家门前种有木瓜、荔枝和杨桃，甚至还种了黄花梨，后面种有南瓜和辣椒，当然这主要是家里老人伺候的。但我看着这些，也觉得喜悦和骄傲，感觉这些都是家里的一部分，那些树木就是家庭成员，经常还有松鼠在其中跳跃。因此，我把自然作为一种参照、一种价值是自然而然的事情。自然和我的内在是融合的，并没有多少冲突和矛盾。这些表现在我的诗歌里，可能就形成了一种和谐的效果。

吴投文：你在创作谈《我的自然观》中说："我一直认为，自然是中国古典诗歌里的最高价值，自然也是中国人的神圣殿堂。这实质上是一种诗性自然观。我对自然的尊崇，与成长环境、生活方式乃至个人性情、思想认同有一定关系。我诗中的自然包含着对世俗生活的精神超越，表达一种社会性和公共性。"请结合创作，具体谈谈你的"诗性自然观"。

李少君：在我看来，自然就是中国文化的最高价值。这是由几个原因导致的。一是古代的自然观，古代中国人就习惯以自然作为一切的最高价值和标准。比如汉字是象形字，文字与自然是对应的关系。老子说："人法地，地法天，天法道，道法自然。"有一种解释是这里的自然是一个时间概念，意思是自然而然，还是一个空间概念，意思是人们的行为都是参照自然的。道就是规律，世界的规律就是以自然为参照的。比如苏轼说，"月有阴晴圆缺，人有悲欢离合"，可见人的情感是参照自然的。尤其中国古代那些神，什么雷神、龙王等等，完全是以自然作为基础来塑造的。所以这里的自然具有时间和空间的双重属性。中国文化因为是建立在象形字的基础上，就更能看出自然对中国文化的影响了。象形字本身就藏着自然，是具有实指性的。因此中国人不需要经过学习，有些字如“日”“月”等也能认识，而拼音文字是做不到的。所以在中国，人们学习文字也就是向自然学习，模仿自然。文字毕竟不完全等同于实体，所以文字又有虚拟的一面，也可以说是超越性的一面。比如“月”这个词，不仅指月亮本身，还是美好的朦胧的象征。此外，汉字还有重组变化的能力，可以说最适合与时俱进。比如两个古老的汉字，“电”和“脑”，一结合就成了最新的高科技词汇，这是汉字的一个能随时代变化的优势。

我写自然的时候，并没有过多去考虑什么抵抗扭转之类的想法，只是写出我的所见所闻、所思所感，写出我的真实体验和感觉。但无意中，这些也许被早已现代化、大都市化和观念化的当代人发现其中的新奇之处。也许，除了生活环境的差异，那可能更多的是一种地理差异。海南历史上常被“中心”忽略，但这些年常常成为某种领先模范，比如其生态优势，还有海洋文明。中国历史上经常在陷入困境时，往往是地方带来新的创造力和活力。这正是中国文化的迷人之处，地方的多样性、差异性，让中国文明得以新生，就如孔子早已说过的“礼失而求诸野”。海南这样的地方，历史上就是“野”。正因为这个原因，保留了良好的生态和淳朴的人情，无意间成为人们又要追求的生态模式和生存方式。何况历史上，中国的文化中心是一直在变动的，唐代是西安，宋又到了开封，后来又是江南，后来又到北京、上海等。边缘与中心，一直相互支撑，相互转换，相互滋养，中国文化也因此得以不断自我更新。

其实，现代人都热爱自然、向往自然，比如，从每年几千万人到处游山玩水，就可看出来，现代人并不反感抵制自然。在现代生活体制下，他们有一定被迫性，被现代生活方式绑架了，他们在无奈之余也会逃离或反抗。我的诗歌在城市里有很多读者，而且很多是高级白领，是离自然似乎最远完全城市化的一些人，也能说明这个问题。他们工作在城市，生活在别处，心在别处。人在自然里，内心就获得了定力，也很容易产生诗情。自然是与诗联系在一起的，这也是中国诗歌的一个传统。到了现代，人与自然产生了距离，但可以在诗歌中体验到自然赋予的灵性，使心灵沉静下来。

吴投文：在你所写的大量“自然诗”中，往往包含着某种神性的内涵，这也构成了创作的一个显著风格特色。离开了神性的“自然诗”，会陷入单纯的对自然照相式的描摹，会显得内涵单薄，无法获得一种提升性的力量。自然神性作为一个有效的创作切入口，在中国新诗中并不少见。如昌耀的诗歌就在阔大的西部场景中寻找一种至高至善至美的自然神性，并转化为一种极具风格的写作形态。在你的创作里，自然神性也是一个重要的精神维度。我觉得，这与你本人的个性气质是交融在一起的，表现出了一种趋赴天真的审美理想。你是有意识地追求这种风格形态和审美理想，还是无意识形成的？

李少君：在我看来，“神性”代表一个超越的维度。我写的“自然诗”就有一个“神性”的维度，但也并非仅仅如此。我写过一篇文章，其中谈到人性、自然性、神性三者缺一不可，这三者是相互联系的。作为一个人，其实在天地之间应该有个位置感，按哲学的说法就是，你这个位置感相当于是在自然性与神性中间，便是人性。自然性是一个原始的东西，人要清醒地认识到自己是高于自然的，当然也不叫高于自然的，自己是与自然有区别的。但是你不能使自己陷于一种无所不在 、无所不能的幻想之中。如果这样就会走向狂妄、人定胜天等，这些是不对的。所以实际上这个“神性”是中国文化里的一个重要维度。中国的“中庸之道”讲“中”，“中”就是在天和地之间，而天和地之间就是人。其实中国文化里面，无论是儒家还是道家，有大量的关于人的清醒的自我认识。所以讨论这个，我觉得我们的问题，特别是现代之后，在科学主义的指导下，人往往忘记了还有一个更高的存在，这也是海德格尔说的，一个更高的维度。人有了一种僭越感，所以人后来变得很狂妄，认为自己无所不能，对待自然也很粗暴，没有一种清醒的自我认识，没有一种感恩的心理，这就会出现很多的问题，现代性的问题。所以现在很多人，包括海德格尔，对这个问题有所反思。于我而言，我比较注意这个问题，也不能说是有意识的追求，在不断的学习与领会中，我越来越认识到保持人的自我认识的重要性。

吴投文：在中国新诗史上，表现自然山水的诗作并不少见，也有以创作山水诗为特色的诗人，比如山东诗人孔孚，他的诗集《山水清音》《孔孚山水诗选》受到了读者的喜爱。你认为中国现代山水诗有什么特点？你的诗歌是否受到过中国现代山水诗的影响？

李少君：说到山水诗这个话题，我觉得现代山水诗的本质也还是视野与境界的问题，中国古代的山水诗也是如此。在中国古代社会，魏晋、唐代的山水诗比较发达。到了唐代，因为社会开放，人们活动的范围越来越广，视野越来越开阔，山水诗的发达与中国传统诗学对境界的重视有一定的关系。“会当凌绝顶，一览众山小”，你看得越多，走得越远，视野与境界就会不断地提升。中国人对境界是看得很重要的，那么，境界是一个什么样的概念呢？“境”这个词最早是指音乐的停止之处，这是其最古老的意思，后来是作为“边境、边界、界限”的意思来理解，比如“国境”。但是到了佛教，开始把“境”作为一种精神空间，唐代僧人圆晖有个说法——“心之游履攀援者，故称为境”，意思就是指你的心的活动空间。在王国维那里，境界就变成了一个精神层次的概念，境界就是一个人的心灵品位、精神等级。有大境界，才能有大诗人。精神层次是不断自我超越的层次，是可以不断追求的。

一般而言，中国文化是一种自我超越的文化，因为我们没有外在的上帝、外在的神，没有这个外在的维度。我们是通过不断学习，不断地提升自我境界，来不断地认识世界、自己和他人。这符合人本身的发展规律。每个人都是从小学到中学，中学到大学，视野肯定是越来越开阔。当然，也有的人不求进步了，精神层次就会慢慢地衰落。如果你是一个不断追求进步、不断追求提升的人，你可以慢慢地达到类似冯友兰先生所说的“天地境界”，成为宇宙中的一员，“人与天地参”“天人合一”，可以参与天地的创造。当然，只有极少的人才能达到这个境界，比如杜甫。天地境界是很有价值的，为什么呢？因为人的一生都是在不断追求，也可能你的功业到这个程度，还没有达到你满意的状态，你就已经去世了，但是你的人生是在奋斗，你是充实的，你的人生是有意义的，你是幸福的，你是满足的。

吴投文：中国古代的“境界说”也影响到了现代山水诗。王国维论词，对这个理论作了总结。他说：“词以境界为最上。有境界则自成高格，自有名句。”孔孚的山水诗就有境界，写得非常凝练，也有名句。

李少君：中国现代山水诗中，我对孔孚的诗没怎么读过，不是很了解，我也没有有意识地追求山水诗的写作。我更早是受中国古典诗歌的影响，从中国古典诗歌中得到启发。另外，可能存在主义之类的学说，在美学上对我产生过一定影响。当然，在社会学层次上，马克思主义学说肯定对我产生过比较大的影响，存在主义对我的创作产生的影响主要体现在美学意义上。

存在主义与中国其实关系密切，为什么中国容易接受存在主义的观点呢？人生的意义判断、价值判断，包括个人的价值，是根据你做过什么事，而不是根据你说过什么决定的。存在主义在某种意义上是一个行动的理论，与我们儒家学派的“知行合一”很相似。当然，你所做过的事包括很多方面，不是单一的，比如你的事业、社会影响、个人品质、创作成就等等。人的一生处在一个不断的自我生成中，一种不断的自我选择之中，这与我们所谓的不断实践、提高修养、自我超越很相似。

其实，我并没有一个明确的现代山水诗的概念，我更多的是受中国自然价值观的影响。我一直有一个观点：中国古代诗歌为什么这么伟大，因为中国古代诗歌有一个传统，即文史哲合一。比如杜甫的诗歌，不仅仅只有文学性，我们为什么叫它“诗史”，因为它有历史性、历史感，同时还包含很多哲理在里面。这个是我们当代缺乏的。一般人把杜甫看作是儒家的美学代言人。客观地讲，我们现在还没有一个诗人能够达到文史哲融合的境界，应该说，“五四”以来都没有过，在古代是有的，几位伟大的诗人达到了文史哲融合的境界。李白是道家美学的代言人，他就是一个道教徒，他的浪漫主义有道家美学的内核。王维是禅宗，他的山水诗具有禅宗意味。

我们现在的诗歌为什么不能像中国古代的诗歌产生那么大的影响？显而易见，读中国古代诗歌可以读到很多东西：第一，是它的情感；第二，是它的文学性；第三，是它的历史感；第四，是它的哲学意义。但是，我们现在的诗歌还很单一，或者说，一位诗人有时候有点情感或感受，但是没有很深的哲学性，或者没有很深的历史感，这就不能成为某一个学说、某一种价值、某一种思想的代言者。我觉得，这是我们当代诗歌、当代文学的一种匮乏。

吴投文：作为一位诗人，实际上你的写作并未局限在诗歌，还出版了小说集《蓝吧》，写了大量的散文随笔和诗歌评论，好像在不同的阶段有所侧重。请谈谈你的小说创作，是怎么写起小说来了？

李少君：海南当时经过了一个大起大落，这个“大起”的过程我是亲身经历了的，我觉得以后可以写成一本很好的书。其实，关于我所经历的这个“大起”，很多事情我都写成了小说。当时我出过一本小说集《蓝吧》，也写过一个小长篇《我到底在哪里错过了你》，发在《特区文学》杂志上面，大概有九万字吧。这个小长篇记录了我当时经历的“大起”，但我写这个小长篇是在开始“大落”的过程中写的。当时海南的这个大起大落，“大起”的时候人特别多，全国各地的人蜂拥而至，我每天忙个不停，很多人来找我。我那时在《海南日报》，别人认为我来了就站稳了脚跟。很多人包括做生意的、找工作的，都来找我，一个好处就是在我这里可以得到信息，因为我是个记者，联系比较广嘛。

我印象中，海南应该1994年左右开始“大落”，当时全国进行金融调控、金融整顿，有位中央领导亲自带队，整顿海南的金融，力度非常大。从我个人的体会来说，突然之间朋友们一下子不见了，都走了，海南一下子变得很安静。面对大潮退去之后的安静，我有很多的感受，就开始写小说了。所以，在1994年、1995年，特别是1995年，我写了大量的小说。1996年、1997年，我的小说一下在全国的刊物，包括《人民文学》《上海文学》《特区文学》《山花》等刊物上发表了。在印象中，我一年就发了十几个中短篇小说。在这个写作过程中，我有很多的人生困惑和苦闷。一个年轻人经历一个高潮，突然跌落到一个低谷，心理落差很大。从那个时候开始，我对哲学产生了浓厚的兴趣。一方面通过写小说让自己的情绪得到了排解，或者说是发泄和诉说。另一方面，开始寻找所谓的人生价值、人生意义。这个时候我正好接触到了几个在海南的哲学家，比如和张志扬就联系比较多。那个时候，我比较系统地看了一些哲学书，非常多，包括我们现在还常常说起的萨特、海德格尔等人，还有后现代的一些哲学家的哲学著作。虽然我在大学时也读过，但那只是草率地看过一遍。这个时候开始有了一些人生经历，就比较读得进去，跟以前不一样，以前读是比较纯粹的学术性阅读，在自己经历了一个大起大落之后，就读进去了，有了自己的体会。

吴投文：也请谈谈你的散文随笔写作。

李少君：韩少功在1995年底开始筹备《天涯》，1996创办了《天涯》。因为他比较熟悉我的情况，就建议我兼个职。有一次，他问起我诗歌界的情况，因为我一直与诗歌界有联系，中间有一段时间写小说。所以，我到《天涯》的第一件事，就是主持了一个“九十年代诗歌精选”栏目。现在回顾起来，在海南那个“大起”的阶段，我写了很多鼓吹性的文章，鼓吹新的白领文化，鼓吹所谓的新价值观，很有煽动性。实际上，我那时写的就相当于时评和随笔。当时，我开了几个报刊专栏，比如在《海南青年报》开过专栏。后来我出过一个随笔集《南部观察》，收入了发在这些报刊上的专栏文章。刚才说过，我的第一本书《岛》是张承志作的序。《南部观察》是韩少功帮我写的序，后来就再也没有找人写过序。

到《天涯》之后，我开始对哲学、对思想感兴趣。这和刊物的定位有关。做《天涯》杂志要有思想方面、哲学方面的知识背景，要对这些熟悉才行，也要了解国内最新的思想动态、学术动态，所以当时我跟中国思想、文化、社会、人文学科这些领域的人有广泛联系。当时，我读的书非常广泛，经济学、法律、社会学的书我都读。胡塞尔、哈耶克、弗里德曼、布罗代尔、波伏娃、巴迪欧、朱苏力、汪晖、黄平、温铁军、刘禾、戴锦华等等的书，我都读过。历史类的书就不用说了。我经常开玩笑说，当时重点大学的文史哲方面的教授没有我不认识的，有的是见过面，有的是通过各种方式打过交道。北京大学召开核心价值观研讨会也请我参加，也做发言。后来哈佛燕京学社等也请我去参加过一些研讨会，还参加过“亚欧人民论坛”“世界和平大会”一类的会。我每次都兴致勃勃，充满好奇心和激情，想去了解更多的知识、更多的国家和人民。那个阶段想起来自己很有活力，也充实，一是读书很多很杂，二是去了不少地方，美国、德国、法国、印度、越南、菲律宾、比利时、斯里兰卡等等，三四十个国家吧。我还写了不少读书笔记、思想随笔。

吴投文：你的散文随笔主要发在哪些报刊上面？

李少君：当时有个杂志《东方》，可能你不太了解，当时这个杂志很有影响，还有一个杂志《方法》，办的时间都不太长，大概两三年就停办了，另外还有《书屋》《文汇读书周刊》《中华读书报》《南方周末》《文论报》，我都在上面发过随笔。在《文汇读书周报》上发得最多，一年发了将近二十篇。我那时可能写了两百篇左右的读书随笔。后来出了两本书《文化的附加值》《在自然的庙堂里》，很多文章就是从这些报刊发的随笔里选的。但客观地讲，这些思想随笔相当于我当时的阅读杂记，不太系统。我当时也没有什么学术野心，只是因为自己陷于困惑之中，就去阅读，读了之后有一些感受，就把它记录下来。这些读书随笔还包括我当时写的经济学随笔，还有讨论法律问题、女性主义、女权主义的随笔。1990年代中期进行“人文精神大讨论”时，我也写了好几篇讨论文章，一度还被划为某个思想阵营。

你刚才说我的写作在不同的阶段有所侧重，实际上并不是有意这样的。按现在的说法，我是一个被问题意识引导的人，有什么问题我就去想解决什么问题，并不是事先有什么规划，每个阶段有意有所侧重，而是一个自然而然的过程。所以，别人说我是一个“自然诗人”，包括我的为人也是这样。我做事情也是这么一种做法：只问耕耘，不问收获。这个事情要做，我会很认真地去做，结果可能是不圆满的，但我也无所谓，因为自己尽力了。我以前的同事也说，李老师这个人挺好的，很多事情也不是非得他做，但是他会很认真地去做，最后没成功他也就算了。当然，能成功最好，但是很多事情也不是你个人的能力能左右的。

吴投文：在你的系列理论文章《草根性与新诗的转型》《草根性与新世纪诗歌》《诗歌的草根性时代》《草根性：当代诗歌上升的动力》《关于诗歌“草根性”问题的札记》中，你提出了新诗的“草根性”这个重要命题，形成了一个“草根性”诗学的基本框架。你的这些文章眼界开阔，自成体系，对 21 世纪以来的诗歌状况有非常深入的观察和思考，从中可以发现 21 世纪诗歌在多元化的格局中所显露出来的强劲生长态势和其中隐含的危机。你还编选了《21 世纪诗歌精选（第一辑）：草根诗歌特辑》等诗选，在实际操作层面为“草根性”写作推波助澜。你提出的“草根性”是否包含呼应新诗史上现实主义写作的意图，是否也包含了你对 21 世纪诗歌写作的某种预期？

李少君：我写了几篇文章阐述“草根性”，已经说得相当清楚了。这个想法源于我对新诗史的整体观察，也源于新诗的现状对我的触动和我对新诗未来的预期。我说的“草根”，是一个形象的说法，更多的是强调一种自然自由自发自觉的状态，强调立足于本土的原创性。面对被西方笼罩的当代诗歌，我们应该强调与中国本土对称的原创性写作，强调充满活力的写作。因此，“草根性”实际上包含四个维度：一、针对全球化，它强调本土性；二、针对西方化，它强调传统；三、针对观念写作，它强调经验感受；四、针对公共化，它强调个人性。“草根性”并非诗歌的最高标准，只不过是对新诗的一种基本要求而已，就像当年惠特曼等人为摆脱英国诗歌的羁绊而强调美国诗歌的原创性一样。在我看来，“草根性”是诗歌本体艺术自觉的必然产物，就像唐诗、宋词、元曲、明清小说的发展历程。每当文学从高潮走向低潮，面临僵化、模式化、八股化时，文学的本体自觉就会使之重回起点，再度“草根化”，向下吸取地气，再度激活新的创造。

“草根性”既关联百年新诗的演变与发展历程，也关联新诗的现状与新诗发展的可能性路径。一、教育的普及，为新诗传播创造了极其有利的环境，21 世纪以来兴起了一股新的“诗歌热”。这一次“诗歌热”是自下而上起来的，有更广泛的公众基础，出现了大量的底层诗人，包括农民诗人、打工诗人。新诗历经百年，终于深入到了中国最底层。二、网络及手机的出现，为诗歌的自由创造和传播提供了技术条件，提供了一个更大的平台。在理论上讲，一个身处边远乡村的诗人和北京、上海、纽约的诗人可以接收同样多的信息和观念，进行同样多的诗歌交流。一首优秀的诗歌也可以在一夜之间传遍全世界。多媒体为诗歌的写作与传播创造了一个新的契机，提供了更多的可能性。三、新诗百年也是一个不断积累发展的过程，思想上、技术上都有明显变革。再加上开放与全球化背景，当代汉语诗歌在短短四十年中大量吸取、消化了中国古典诗歌、西方现代诗歌，百年新诗也真正形成了属于自身的传统，现在已到了一个由量变到质变的阶段。我提出“草根性”，主要还不在于呼应新诗史上的现实主义写作，但确实包含了对中国新诗发展的预期。

吴投文：目前，口语诗写作有非常强劲的势头，尤其在网络上铺天盖地，但争议也很大，褒之者和贬之者针锋相对，很难进行对话。另一方面是诗歌的晦涩化，一些诗人把诗写得晦涩难懂，普通读者抱怨不知所云，可能也就失去了读诗的兴趣。批评家唐晓渡说：“诗歌发展至今，日渐清晰地呈现两种发展方向：艰涩化和口语化。艰涩化可以艰涩到令人望而生畏的地步，而口语化则可以口语到‘口水化’的程度，令人吃惊于诗歌品质下降的加速度。”（唐晓渡《诗歌精神就是关注我们自身的精神》）你如何看待这两种写作取向？

李少君：关于诗歌的晦涩化与口语化，我觉得我们要回到“五四”这个起点去看，回顾一下胡适、陈独秀他们当时为什么反对清末已经僵死的文学，为什么要进行“文学革命”。其实，很大的一个问题是，他们当时面临的问题跟我们现在面临的问题也很相似。陈独秀提出文学革命的“三大主义”，对整个封建旧文学宣战：“曰推倒雕琢的阿谀的贵族文学，建设平易的抒情的平民文学；曰推倒陈腐的铺张的古典文学，建设新鲜的立诚的写实文学；曰推倒迂晦的艰涩的山林文学，建设明了的通俗的社会文学。”（《文学革命论》）随后钱玄同、刘半农等人也相继响应，“文学革命”形成了一定的声势。陈独秀反对贵族文学，提倡国民文学，这个任务我们现在也还没有完成，文学不能脱离大众；要反对山林文学，文学不能脱离现实；要提倡社会文学，社会文学就是人生文学；还有一个是反对铺张的古典文学，提倡写实文学，主张现实主义。不管是当时还是现在，这些主张都具有现实意义。实际上，这也是我们现在的文学所面临的问题。文学永远是这样的，会从一个极端跳到另一个极端，到了一定时候，我们又要反对另一个极端。可以说，中国当代文学四十年，也包括中国当代诗歌四十年，从早期和社会现实结合比较紧密，现在又开始到了一个象牙塔的阶段。现在一些诗人的写作有脱离社会现实的倾向，有些诗歌写得非常晦涩，这是不值得主张的，我们要从历史经验中吸取教训。早期新诗带有散文化、口语化的倾向，在艺术上确实存在不足，但也把诗歌从象牙塔中解放出来了，和现实、大众有了更紧密的联系，无疑是可取的。

吴投文：与上一个问题相关，是诗歌写作的难度问题，诗歌界也存在很大争议。有的诗人甚至觉得这本身就是一个伪问题，没有讨论的必要，认为一首诗的价值来源于诗人的真诚，而非来源于诗歌的难度。另一种声音截然相反，认为难度是诗歌写作应有的品质。比如，诗人王家新就说："真正意义上的写作也是一件有'难度'的事情。难度愈大，这种写作也就可能愈有价值。杜甫的《秋兴八首》，就是自觉加大'写作的难度'的结果。"（木朵《"对个别的心灵讲话"——著名诗人王家新访谈录》）他还说，"那种没有难度的写作，在我看来几乎一钱不值"。你如何看待"写作的难度"？请具体谈谈。

李少君：我是这么理解的，写作的难度应该是自然达到的难度，如果是刻意达到的难度，其本身就是不真诚的。比如，杜甫诗歌的难度就是自然形成的，并不是他刻意去追求的。当你要表达一种复杂的精神状态的时候，修辞手法肯定也是复杂的。所以，我觉得问题的核心是“修辞立其诚”，“诚”是核心，刻意追求的难度显得不真诚，离开了作者的本心，也就离开了写作的本质。

不管是以前在《天涯》，还是现在在《诗刊》，我对诗歌的第一判断，按照废名的说法：有没有诗意在里面，就是有没有可以打动你的东西。说到底，诗歌的难度还是要体现出情感力度，要感人。不感人的诗歌，再有难度和复杂的技巧，也没有意义，说得难听一点，就是卖弄和炫技。当然，在诗歌表达的过程中，情感表达到什么程度，与修辞很有关系，要表达得充分，肯定要调动不同的修辞手段。当然这个“情”不能简单地理解为情感，也可能是情绪，是感受，是感觉，等等。

吴投文：说到当前的诗歌批评，好像很多人都不满意，不少诗人也有牢骚，认为诗歌批评滞后于诗歌写作，或者认为诗歌批评与诗歌写作有距离。当然，批评家好像也不满意，认为当前的诗歌写作就是这样一个现状，自己的批评实践是对称于这个现状的。当前的诗歌批评队伍主要由两拨人组成，一拨是“诗人批评家”，如于坚、王家新、西川、欧阳江河、臧棣、姜涛等，你也是其中的一位；另一拨是“学院批评家”，人数很多，主要是大学里从事文学研究和教学的研究者，一般受过严格的学术训练。“诗人批评”与“学院批评”的主要差异是什么？在你看来，一个成熟的诗歌批评家应该具有哪些素养？

李少君：说到诗人批评家，这个话题很有意思。最近，很多评论家开始写诗，包括你本人也写诗，形成了一种现象。有这么一个说法：因为评论家对当下诗歌不太满意，所以自己动手写诗。我觉得这是有道理的。反过来也有另外一种说法：因为实际上理论做不下去了，所以评论家开始做感性、感动人的东西。这个也是有道理的。特别是新冠疫情发生之后，所有的理论都无法解释，失效了，你用任何一种理论解释当下，都是无法解释的。以前单纯的一套，左或者右的理论，对当下都是无法解释的。这次疫情出现之后的很长一段时间，包括欧美哲学家都遭到了老百姓的嘲笑，很多人发表的言论都让人觉得很可笑，完全与老百姓的感受不一样。我觉得，我们又回到了一个感性阶段，但感性阶段持续一段时间后，又会回到理性阶段。我觉得，我们当下这个阶段的感受其实适合当下文学与诗歌的状态，面对疫情，你除了能表达感受，你还能干什么？无法从理论上去把握它。客观地讲，既有一定的独特感受，又有一定的哲学或者思想深度的诗人，有可能在这一阶段成为比较好地把握时代的创作者。这是有可能的，诗歌写作与诗歌评论都需要一种综合素养。

吴投文：你长期从事编辑工作，在海南时担任《天涯》主编，现在是《诗刊》主编。《诗刊》在诗人和读者的心里都有很重要的位置，被看作“国刊”，在某种程度上起到了引领诗歌写作和阅读的作用。从你长期的编辑经验来看，好诗的标准是什么？这个问题实际上并不简单，往往过一段时间又被拿出来讨论，众说纷纭，莫衷一是，在各种歧异后面纠结着人们对新诗的复杂态度。我注意到，现在一些诗人和批评家提倡“好诗主义”，认为诗歌作为一种具有审美理想的艺术形态，应该讲究艺术性。这本来是一个常识，但却作为一个问题提了出来，这可能反映了对新诗写作的某种焦虑。

李少君：《诗刊》肯定要比一般的刊物要求高，作者要有一定的基础，也要有创新意识。实际上，一首好诗离不开这两点，包括“青春诗会”，对创新也是鼓励的。冯友兰在西南联大纪念碑的碑文里引用了《诗经》里的两句诗：“周虽旧邦，其命维新。”周朝虽然是个“旧邦”，但是它的天命是维新的。中国是一个既古又今，亦新亦旧的国家。中国文化对创新还是包容和鼓励的，这也是我们的文化传统。诗歌写作的本质要求创新，单有青春期的激情还不行，还要有写作上的沉淀。真正伟大的诗歌往往是诗人中年以后才创作出的。海子的诗歌永远是“青春诗”，他还不能被称为一个伟大的诗人，可以说是天才般的诗人，但很难说他伟大。因为他没写出过像杜甫的诗歌那样的诗歌，他的诗歌是一种“青春诗”。对年轻诗人的肯定，包括大家对“青春诗会”的肯定，也是肯定青春代表着创新，代表着活力，实际上是对创新与活力的肯定。一首好诗是多种因素构成的一个综合体，应该包含创新的因素，也要体现出创作的活力。一位诗人没有创新意识，没有创作活力，只知道因袭传统，或跟在国外的写作潮流后面亦步亦趋，或满足于自我重复，那是没有出路的。

吴投文：很多人都相信这样一个说法，诗歌是青年人的事业，诗歌写作本身是内含青春性的。可能诗歌写作与年龄并没有必然的联系，文学史上也没有充分的证据，但作为一种发展态势来看，青年人到底是诗歌写作的后备军和主力军，是诗歌文化的传承者。《诗刊》一向重视青年诗人的培养，如定期主办“青春诗会”等品牌性活动。你担任《诗刊》主编之后，也采取了很多措施扶植和推进青年诗人的写作。请你谈谈当前青年诗人的写作。

李少君：新一代青年诗人，我觉得他们有个特点，就是他们普遍完成了充分的高等教育，受教育的程度很高。他们诗歌创作中的语言文字、修辞都做得很好，他们缺少的是人生体验。他们写出真正优秀的作品，可能要到他们有了较为充分的人生经验之后。我年轻的时候也是这样。我开始写小说，是在有了大量的人生经验之后，这样我才能写出小说来。我们经常说，小说要写好，必须有一定的人生经验。对于诗，青春诗中有一种纯粹的抒情也能打动人，但是要成为一个伟大的诗人，还是要有深刻的人生体验。现在青年诗人的起点，或者说他们的素养比前几代都强，但是还有待于他们积累了丰富的人生经验，才能达到一定的高度。

吴投文：自新诗兴起之后，旧体诗词写作基本告别了主流文化舞台，很长时间主要作为一种个人喜好处于"潜在写作"的状态，终结了其"古典时代"的荣耀。近些年来，社会上兴起了大规模的旧体诗词创作热。据统计，写旧体诗词的人超过了写新诗的人。这只是一个估计，不一定准确，但也可能说明了一个问题，旧体诗词是有根的。《中华诗词》《中华辞赋》等专门性刊物，集结了大批颇有造诣的旧体诗词写作者，起到了推波助澜的作用。另一方面，这也从一个侧面反映了新诗的某种处境，新诗可能仍然缺乏广泛的文化认同。随之，当代旧体诗词入史的问题也被提出来了，旧体诗词要在中国当代文学史中占一席之地，甚至要与新诗平分秋色。这在学术界引起了很大争议，赞成的和反对的当然都有一大堆理由。

你如何看待这个问题?

李少君: 关于新诗、旧诗的问题，现在确实成了一个话题。旧体诗现在又开始热起来了，为什么呢?这些年兴起了国学热，很多90后青年诗人的旧体诗写得很好，人数也非常多。大学里面也有旧体诗社，像武汉大学的春英诗社，全是写旧体诗的，非常活跃，也获了很多奖，“中华好诗词”冠亚军都是武汉大学的学生诗人。诗词是中国文化的一个基因，我们不能脱离这个基因。“五四”早期，新诗的很多诗人想推倒旧诗，完全创新，实际上是不可能的。反而新诗中包含了这个基因，作品是相对成功的，卞之琳就比较典型。客观来说，卞之琳虽然写的新诗不多，但他的一些新诗现在成了“经典”。我经常说，卞之琳的《断章》和任何唐诗宋词放在一起都不差。穆旦的诗就没那么好，他的诗有开阔性，对很多人也有启迪，但没有经典诗作。穆旦的诗不过是精在语言上面，比如《冬》这样的诗，仔细看还是太简单了，也不是说不好，但“我爱在淡淡的太阳短命的日子”，跟歌词差不多，不够经典。当然，穆旦对整个新诗的启发还是很大的，他是一个重要的诗人。卞之琳的《断章》，即使过了五百年、一千年，还能经得起考验，无论修辞、语言、所表达的感受性、浓缩度都是很好的。但是，把穆旦《赞美》这样的诗和李白的诗放在一起，还是没有可比性。我觉得过于西化的诗人，包括穆旦在内，他们可能忽略了诗词是中华文化的基因。脱离了自身文化的基因去寻找完全新的东西，这是有问题的。卞之琳这一点保存得比较好。还有艾青，他有他的开创性，他的诗里也保留了中华文化的基因。所以，相对来说，艾青也经受住了历史考验。虽然穆旦有段时间很火，但现在他的影响力明显不如以前了。艾青、卞之琳都经受住了历史考验。艾青对朦胧诗有一点反感，很多人不理解。现在看起来，艾青还是比他同时代的那些诗人强。我曾和张清华、西渡有过一次讨论，我们都认为，最后真正算得上大诗人的还是艾青。郭沫若的诗有开创意义，但他的诗歌语言很经典吗？新诗史的一些问题现在大家还说不清楚，值得思考。

吴投文：你认为成为一个诗人最重要的才能是什么？我对这个问题比较感兴趣，我对接受访谈的诗人，几乎都问了这个问题。

李少君：简单地说，我觉得有两点，一是深情，二是敏感。我觉得，诗歌是一种“情学”，“情”是诗歌的初心、诗歌的根基，没有“情”就写不出来，一定要有深情。敏感就是对万事万物有细察，有眷怀，不隔膜，深入其里。我不知道别人怎样，我的体会就是每次走出去，都能在自然中得到启发。这符合我早期的诗歌理想，我一定要走出去才能写出诗来，我不出门就写不出来。在家里看书，可能会提高修养，但是写不出来，可是出去走走，在路上碰到什么可能打动我的事物，就可以写出诗来。所以，我能理解为什么灵感是在路上得到的，不是说埋头在书斋里面就能得到的。深情和敏感也是一种能力，对写诗特别重要。

吴投文：新诗从 1917 年诞生至今，经历了整整一个世纪的发展历程。社会公众在谈到新诗的前景时，一般并不乐观，这与诗人的看法有比较大的差异。你如何看待百年新诗取得的成就？怎样看待新诗的发展前景？

李少君：说到百年新诗的成就，我觉得可能到了真正喷发的前期，有点像初唐到盛唐的中间，也可能是盛唐的前期，也可能还没到。为什么我有这样的判断呢？第一，我们当代还很难说有李白、杜甫那样的大诗人，李白、杜甫那样的大诗人能处理好任何题材。现在我们认为王维是山水诗人，但边塞诗也写得很好，表现出了英雄气概。但我们现在没有这样的诗人。我们很多诗人，在某方面可能很独特，有他的创作个性，比如雷平阳的叙事诗很好，但其他的方面怎么样呢？很难说。还有的诗人，可能写口语诗没问题，但那种美学化一点的诗他就写不出来。中国古代的诗人，尤其是李白、杜甫那一代诗人，都有宏大的综合能力，各种题材都能处理到位。

包括“草根性”，其实在理论上我并不是要呼应现实主义。我是觉得中国新诗早期受外来观念的影响过于明显，是一种外来的东西，一定要把住中国本土的文化根性才行。我理解的草根性是与本土化联系在一起的。中国新诗明显受了西方的影响，像胡适早年是翻译出身，受这个影响产生了自由诗，因此自由诗在中国土地上开始时是没有根基的。慢慢地随着不断的教育、不断的传承，新诗也就慢慢有了根基，这个根基最典型的形态就是它的“草根化”。像余秀华这样的农民都能写出好诗，表明新诗已经完成了“草根化”阶段，下一阶段应该是向上超越的阶段。

吕拾文：你认为中国新诗大致可以分为几个阶段？

李少君：我把中国新诗分成三个阶段：第一个阶段是向外学习，表现为“横向移植”，民族化的内涵比较欠缺；第二个阶段是寻找，寻找我们自身的传统，表现为文化自觉；第三个阶段就是要向下，充分挖掘和完成“草根化”，但最高的阶段是向上的，表现为自我超越。只有完成这一阶段，才能完成新诗的伟大使命，或者说，这么一个轮回就是实现中国诗歌的复兴。余秀华、李松山两位农民都能写出那么好的诗，怎么能说新诗不被广大人民所接受呢？这就证明了，能被广大人民接受的诗，就是好诗。当然，余秀华、李松山的诗还不是最好的，但已经不错了，应该多多出现比他们更好的，被更广泛的读者接受的作品。到了那时，中国诗歌可能就到了一个伟大的时代。但是，就目前这个阶段而言，可能还没有到达。

李少君

1967年生，湖南湘乡人，1989年毕业于武汉大学新闻系，被誉为“自然诗人”。曾任《天涯》杂志主编、海南省文联副主席，现为《诗刊》主编，一级作家。

主要著作

《应该对春天有所表示》
《自然集》
《草根集》
《海天集》
《云之现代性》
……

上官定一 刘丽/著

山西传统村落保护与发展丛书

历史 记忆 乡愁

诗经故里

绛山浍水区域传统村落

ISBN 978-7-203-12114-5